中华国学经典普及本

搜神记 搜神后记

〔晋〕干宝 〔晋〕陶潜 撰

于海英 注

中国书店

图书在版编目（CIP）数据

搜神记·搜神后记/（晋）干宝，（晋）陶潜撰；于海英注 .—北京：中国书店，2024.10（2024.11 重印）
（中华国学经典普及本）
ISBN 978-7-5149-3465-6

Ⅰ.①搜… Ⅱ.①干… ②陶… ③于… Ⅲ.①《搜神记》②《搜神后记》Ⅳ.① I242.1

中国国家版本馆 CIP 数据核字（2024）第 060288 号

搜神记·搜神后记

〔晋〕干宝 〔晋〕陶潜 撰 于海英 注
责任编辑：李宏书

出版发行：	中国书店	
地 址：	北京市西城区琉璃厂东街 115 号	
邮 编：	100050	
电 话：	（010）63013700（总编室）	
	（010）63013567（发行部）	
印 刷：	三河市嘉科万达彩色印刷有限公司	
开 本：	880 mm × 1230 mm　1/32	
版 次：	2024 年 11 月第 1 版第 2 次印刷	
字 数：	180 千	
印 张：	9	
书 号：	ISBN 978-7-5149-3465-6	
定 价：	66.00 元	

前言

　　东晋干宝所撰集的《搜神记》是中国古代志怪小说最具代表性的结集。相传，干宝有感于父妾死而复生及其兄气绝复苏，因此编撰了这一本言鬼神、说灵异的《搜神记》。当然，这传说我们姑妄听之，不必相信。而干宝确实为有晋一代的通才，他自小勤奋好学，饱览群书，凭才气被朝廷征召为佐著作郎，后经举荐领国史，累迁官至司徒右长史、散骑常侍。他所著的《晋纪》，秉笔直书，体现史家风范，为时人所称赞。干宝好阴阳术数，喜集鬼神灵异之事，"虽考先志于载籍，收遗逸于当时，盖非一耳一目之所亲闻睹也"，目的在于"发明神道之不诬"，终集成《搜神记》一书。

　　全书分为二十卷，以一则则小故事为主，其篇幅大部分短小精悍，亦有字数稍多、情节精彩之作。我们现在耳熟能详的一些灵异故事皆出其内，如东海孝妇、苌弘化碧、干将莫邪、董永遇织女、青蚨、螳蛉之子等等。其中鲁迅先生的小说《铸剑》即来自干将莫邪与眉间尺的故事。书中有各种奇谈怪闻，人化物、物化人、龙行雨、天女下凡、鬼惑人、鬼救人等，都成了后来口耳相传的民间故事的原型。清代的蒲松龄在《聊斋志异》中也说道："才非干宝，雅爱《搜神》。"读过《聊斋志异》后，可见《搜神记》对其影响之深。在版本流传上，《晋书》中记录《搜神记》"凡三十卷"，久佚。现传本二十卷，是明胡应麟从《法苑珠林》《艺文类聚》《太平御览》《初学记》等书中筛选辑录而成，虽有遗漏，但据余嘉锡先生在《四库提要辨证》中说其"十之八九出于干宝原书"，《搜神记》得以以此种方式流传，确为读者之幸事。辑本《搜神记》最初刊行于明胡震亨刻《秘册汇函》中，后为明毛晋收入《津逮秘书》中，本书即以《津逮秘书》为底本，斟酌取舍，注成此书。

《搜神后记》十卷，沿袭《搜神记》体例、题材、文字风格。据说为晋陶潜所撰，但据后人考证，其内容多为陶潜去世后之事。其内容选择颇多动人处，如后世相传广泛的田螺姑娘的故事，便出自此书中的《白衣素女》。同时李仲文女、徐玄方女、虹化人等故事情节曲折动人，读过不忘。此书也收入了陶潜的《桃花源记》，因此误认作者为陶潜。本书以清嘉庆年间的《学津讨原》为底本，多方参考进行标点、注释。

本次将两本书结集出版，以飨读者，愿朋友们在茶余饭后消遣之时，拈来这样一本小书，走入一个神怪的世界，享受一种精神的愉悦。

目录

搜神记

〔晋〕干宝 撰

原序

　　虽考先志于载籍，收遗逸于当时，盖非一耳一目之所亲闻睹也，又安敢谓无失实者哉！卫朔失国，二传互其所闻；吕望事周，子长存其两说。若此比类，往往有焉。从此观之，闻见之难，由来尚矣。夫书赴告之定辞，据国史之方策，犹尚若兹，况仰述千载之前，记殊俗之表，缀片言于残阙，访行事于故老，将使事不二迹，言无异途，然后为信者，固亦前史之所病。然而国家不废注记之官，学士不绝诵览之业，岂不以其所失者小、所存者大乎？今之所集，设有承于前载者，则非余之罪也。若使采访近世之事，苟有虚错，愿与先贤前儒分其讥谤。及其著述，亦足以发明神道之不诬也。群言百家，不可胜览；耳目所受，不可胜载。今粗取足以演八略之旨，成其微说而已。幸将来好事之士，录其根体，有以游心寓目而无尤焉。

卷一

神农鞭百草

神农以赭鞭鞭百草，尽知其平毒寒温之性，臭味①所主，以播百谷，故天下号神农也。

【注释】

①臭（xiù）味：气味。此指草药味。

雨师赤松子

赤松子者，神农时雨师也。服水玉散，以教神农，能入火不烧。至昆仑山，常入西王母石室中，随风雨上下。炎帝少女追之，亦得仙，俱去。至高辛时，复为雨师，游人间。今之雨师本是焉。

缴父赤将子

赤将子舆者，黄帝时人也。不食五谷，而啖百草华①。至尧时，为木工，能随风雨上下。时于市门中卖缴②，故亦谓之缴父。

①华：同"花"。

②缴（zhuó）：系在箭上的丝绳，用于射鸟。

宁封子

宁封子，黄帝时人也，世传为黄帝陶正。有异人过之，为其掌火，能出入五色烟，久则以教封子。封子积火自烧，而随烟气上下。视其灰烬，犹有其骨。时人共葬之宁北山中，故谓之宁封子。

采药父偓佺

偓佺者，槐山采药父也。好食松实，形体生毛，长七寸，两目更方①。能飞行，逐走马。以松子遗尧，尧不暇服。松者，简松也。时受服者，皆三百岁。

【注释】

①更方：指双目视物时可以朝向不同的方向。

彭祖

彭祖者，殷时大夫也。姓钱，名铿，帝颛顼之孙，陆终氏之中子。历夏而至商末，号七百岁。常食桂芝。历阳有彭祖仙室，前世云，祷请风雨，莫不辄应。常有两虎，在祠左右。今日祠之讫，地则有两虎迹。

师门使火

师门者，啸父弟子也。能使火，食桃葩，为孔甲龙师。孔甲不能修其心意，杀而埋之外野。一旦，风雨迎之，山木皆燔①。孔甲祠而祷之，未还而死。

【注释】

①燔（fán）：焚烧。

葛由

前周葛由，蜀羌人也。周成王时，好刻木作羊卖之。一旦，乘木羊入蜀中，蜀中王侯贵人追之，上绥山，绥山多桃，在峨眉山西南，高无极也。随之者不复还，皆得仙道。故里谚曰："得绥山一桃，虽不能仙，亦足以豪。"山下立祠数十处。

崔文子学仙于王子乔

崔文子者，泰山人也。学仙于王子乔。子乔化为白蜺而持药与文子。文子惊怪，引戈击蜺，中之，因堕其药。俯而视之，王子乔之尸也。置之室中，覆以敝筐。须臾，化为大鸟。开而视之，翻然飞去。

睢水冠先

冠先，宋人也。钓鱼为业，居睢水旁百余年。得鱼，或放，或卖，或自食①之。常冠带，好种荔，食其葩实焉。宋景公问其道，不告，即杀之。后数十年，踞宋城门上，鼓琴，数十日乃去。宋人家家奉祠之。

【注释】

①食（sì）：喂养。

琴高涿水取龙子

琴高，赵人也。能鼓琴，为宋康王舍人。行涓、彭之术，浮游冀州涿郡间二百余年。后辞入涿水中取龙子，与诸弟子期之曰："明日皆洁斋，候于水旁，设祠屋。"果乘赤鲤鱼出，来坐祠中，且有万人观之。留一月，乃复入水去。

陶安公行火

陶安公者，六安铸冶师也。数行火。火一朝散上，紫色冲天，公伏冶下求哀。须臾，朱雀止冶上，曰："安公安公，冶与天通。七月七日，迎汝以赤龙。"至时，安公骑之，从东南去。城邑数万人，豫祖①安送之，皆辞诀。

【注释】

①豫：预先。祖：祭祀路神。

石穿得道

有人入焦山七年，老君①与之木钻，使穿一盘石，石厚五尺。曰："此石穿，当得道。"积四十年，石穿，遂得神仙丹诀。

【注释】

①老君：指太上老君，道教之祖老子。

鲁少千

鲁少千者，山阳人也。汉文帝尝微服怀金过之，欲问其道。少千拄金杖，执象牙扇，出应门。

王安歌《淮南操》

淮南王安好道术，设厨宰以候宾客。正月上辛，有八老公诣门①求见。门吏白王，王使吏自以意难之。曰："吾王好长生，先生无驻衰之术，未敢以闻。"公知不见，乃更形为八童子，色如桃花。王便见之，盛礼设乐，以享八公。援琴而弦歌曰："明明上天，照四海兮。知我好道，公来下兮。公将与余，生羽毛兮。升腾青云，蹈梁甫兮。观见三光，遇北斗兮。驱乘风云，使玉女兮。"今所谓《淮南操》是也。

【注释】

①诣（yì）门：上门。

刘根请鬼

刘根，字君安，京兆长安人也。汉成帝时，入嵩山学道，遇异人，授以秘诀，遂得仙。能召鬼。颍川太守史祈以为妖，遣人召根，欲戮之。至府，语曰："君能使人见鬼，可使形见，不者加戮！"根曰："甚易！借府君前笔砚书符。"因以叩几。须臾，忽见五六鬼，缚二囚于祈前。祈熟视，乃父母也。向根叩头曰："小儿无状，分当万死。"叱祈曰："汝子孙不能光荣先祖，何得罪神仙，乃累亲如此。"祈哀惊悲泣，顿首请罪。根默然忽去，不知所之。

河东王乔

汉明帝时，尚书郎河东王乔为叶令。乔有神术，每月朔，尝自县诣台。帝怪其来数而不见车骑，密令太史候望之。言其临至时，辄有双凫从东南飞来。因伏伺，见凫，举罗张之，但得一双舄[①]。使尚书识视，四年中所赐尚书官属履也。

【注释】

①舄（yì）：鞋。

蓟子训

蓟子训，不知所从来。东汉时，到洛阳，见公卿数十处，皆持斗酒片脯候之，曰："远来无所有，示致微意。"坐上数百人，饮啖终日不尽。去后皆见白云起，从旦至暮。时有百岁公说："小儿时，见训卖药会稽市，颜色如此。"训不乐住洛，遂遁去。正始中，有人于长安东霸城，见与一老公共摩娑铜人，相谓曰："适见铸此，已近五百岁矣。"见者呼之曰："蓟先生，小住并行！"应之。视若迟徐，而走马不及。

乞儿汉阴生

汉阴生者，长安渭桥下乞小儿也。常于市中丐①，市中厌苦，以粪洒之。旋复在市中乞，衣不见污如故。长吏知之，械收系，着桎梏，而续在市乞。又械，欲杀之，乃去。洒之者家，屋室自坏，杀十数人。长安中谣言曰："见乞儿，与美酒，以免破屋之咎。"

【注释】

①丐：动词，乞讨。

谷城乡卒常生

谷城乡卒常生，不如何所人也。数死而复生，时人为不然。后大水出，所害非一。而卒辄在缺门山上大呼，言："卒常生在此。"云："复雨①，水五日必止。"止则上山求祠之，但见卒衣杖革带。后数十年，复为华阴市门卒。

①复雨：停止下雨。复，消除。

左慈有神通

左慈，字元放，庐江人也。少有神通。尝在曹公座，公笑顾众宾曰："今日高会，珍羞①略备。所少者，吴松江鲈鱼为脍。"放曰："此易得耳。"因求铜盘，贮水，以竹竿饵钓于盘中。须臾，引一鲈鱼出。公大拊掌，会者皆惊。公曰："一鱼不周坐客，得两为佳。"放乃复饵钓之。须臾，引出，皆三尺余，生鲜可爱。公便自前脍之，周赐座席。公曰："今既得鲈，恨无蜀中生姜耳。"放曰："亦可得也。"公恐其近道买，因曰："吾昔使人至蜀买锦，可敕人告吾使，使增市二端②。"人去，须臾还，得生姜。又云："于锦肆下见公使，已敕增市二端。"后经岁余，公使还，果增二端。问之，云："昔某月某日，见人于肆下，以公敕敕之。"后公出近郊，士人从者百数，放乃赍酒一罂③，脯一片，手自倾罂，行酒百官，百官莫不醉饱。公怪，使寻其故。行视沽酒家，昨悉亡其酒脯矣。公怒，阴欲杀放。放在公座，将收之，却入壁中，霍然不见。乃募取之。或见于市，欲捕之，而市人皆放同形，莫知谁是。后人遇放于阳城山头，因复逐之。遂走入羊群。公知不可得，乃令就羊中告之曰："曹公不复相杀，本试君术耳。今既验，但欲与相见。"忽有一老羝④，屈前两膝，人立而言曰："遽如许。"人即云："此羊是。"竟往赴之，而群羊数百，皆变为羝，并屈前膝，人立，云："遽如许。"于是遂莫知所取焉。老子曰："吾之所以为大患者，以吾有身也；及吾无身，吾有何患哉。"若老子之俦，可谓能无身矣，岂不远哉也。

【注释】

①珍羞：珍馐，美味的菜肴。

②端：古代用于计量布帛的长度单位。一端约等于二丈。

③罂（yīng）：小口大腹的瓶子。

④羝（dī）：公羊。

道士于吉

孙策欲渡江袭许，与于吉俱行。时大旱，所在熇厉①。策催诸将士，使速引船。或身自早出督切，见将吏多在吉许。策因此激怒，言："我为不如吉耶？而先趋附之！"便使收吉。至，呵问之曰："天旱不雨，道路艰涩，不时得过，故自早出。而卿不同忧戚，安坐船中，作鬼物态，败吾部伍。今当相除。"令人缚置地上，暴②之，使请雨。若能感天，日中雨者，当原赦；不尔，行诛。俄而云气上蒸，肤寸而合③。比至日中，大雨总至，溪涧盈溢。将士喜悦，以为吉必见原，并往庆慰。策遂杀之。将士哀惜，藏其尸。天夜，忽更兴云覆之。明旦往视，不知所在。策既杀吉，每独坐，仿佛见吉在左右。意深恶之，颇有失常。后治疮方差④，而引镜自照，见吉在镜中，顾而弗见。如是再三，扑镜大叫，疮皆崩裂，须臾而死。吉，琅邪人，道士。⑤

①燺（hè）厉：炎热。

②暴（pù）：晒。

③肤寸而合：指云雾渐渐汇集。

④差（chài）：痊愈。

⑤此句疑为注，误入正文。

介琰

介琰者，不知何许人也。住建安方山，从其师白羊公杜受玄一无为之道，能变化隐形。尝往来东海，暂过秣陵，与吴主相闻。吴主留琰，乃为琰架宫庙，一日之中，数遣人往问起居。琰或为童子，或为老翁，无所食啖，不受饷遗。吴主欲学其术，琰以吴主多内御，积月不教。吴主怒，敕缚琰，着甲士引弩射之。弩发，而绳缚犹存，不知琰之所之。

徐光神通

吴时有徐光者，尝行术于市里。从人乞瓜，其主勿与，便从索瓣，杖地种之。俄而瓜生蔓延，生花成实，乃取食之，因赐观者。鬻者反视所出卖，皆亡耗矣。凡言水旱，甚验。

过大将军孙綝门，褰①衣而趋，左右唾践。或问其故，答曰："流血臭腥，不可耐。"綝闻，恶而杀之。斩其首，无血。及綝废幼帝，更立景帝，将拜陵，上车，有大风荡綝车，车为之倾。见光在松树上拊手指挥，嗤笑之。綝问侍从，皆无见者。俄而景帝诛綝。

【注释】

①褰（qiān）：撩起，用手提起。

葛玄

葛玄，字孝先，从左元放受《九丹金液仙经》。与客对食，言及变化之事，客曰："食毕，先生作一事特戏者。"玄曰："君得无即欲有所见乎？"乃嗽口中饭，尽变大蜂数百，皆集客身，亦不螫①人。久之，玄乃张口，蜂皆飞入。玄嚼食之，是故饭也。又指虾蟆及诸行虫燕雀之属使舞，应节如人。冬为客设生瓜枣，夏致冰雪。又以数十钱，使人散投井中，玄以一器于井上呼之，钱一一飞从井出。为客设酒，无人传杯，杯自至前，如或不尽，杯不去也。尝与吴主坐楼上，见作请雨土人，帝曰："百姓思雨，宁可得乎？"玄曰："雨易得耳。"乃书符着社中，顷刻间天地晦冥②，大雨流淹。帝曰："水中有鱼乎？"玄复书符掷水中，须臾，有大鱼数百头。使人治之。

【注释】

①螫（shì）：蜇。
②晦冥：昏暗。

濮阳吴猛

吴猛，濮阳人。仕吴，为西安令，因家分宁。性至孝。遇至人丁义，授以神方。又得秘法神符，道术大行。尝见大风，书符掷屋上，有青乌衔去，风即止。或问其故，曰："南湖有舟，遇此风，道士求救。"验之果然。西安令干庆，死已三日，猛曰："数未尽，当诉之于天。"遂卧尸旁，数日，与令俱起。后将弟子回豫章，江水大急，人不得渡。猛乃以手中白羽扇画江水，横流，遂成陆路，徐行而过。过讫，水复，观者骇异。尝守浔阳，参军周家有狂风暴起，猛即书符掷屋上，须臾风静。

园客养蚕

园客者，济阴人也。貌美，邑人多欲妻之，客终不娶。尝种五色香草，积数十年，服食其实。忽有五色神蛾止香草之上，客收而荐①之以布，生桑蚕焉。至蚕时，有神女夜至，助客养蚕，亦以香草食蚕。得茧百二十头，大如瓮，每一茧缫②六七日乃尽。缫讫，女与客俱仙去，莫知所如。

【注释】

①荐：铺陈。

②缫（sāo）：抽出蚕丝。

董永遇织女

汉董永，千乘①人。少偏孤②，与父居，肆力田亩，鹿车载自随。父亡，无以葬，乃自卖为奴，以供丧事。主人知其贤，与钱一万，遣之。永行三年丧毕，欲还主人，供其奴职。道逢一妇人，曰："愿为子妻。"遂与之俱。主人谓永曰："以钱与君矣。"永曰："蒙君之惠，父丧收藏，永虽小人，必欲服勤致力，以报厚德。"主曰："妇人何能？"永曰："能织。"主曰："必尔者，但令君妇为我织缣③百匹。"于是永妻为主人家织，十日而毕。女出门，谓永曰："我，天之织女也。缘君至孝，天帝令我助君偿债耳。"语毕，凌空而去，不知所在。

【注释】

①千乘（shèng）：古地名，在今山东博兴、高青一带。

②偏孤：指早年丧母或丧父。

③织缣（jiān）：织绢。

钩弋夫人

初，钩弋夫人有罪，以谴死。既殡，尸不臭，而香闻十余里，因葬云陵。上哀悼之，又疑其非常人，乃发冢开视。棺空无尸，惟双履存。一云昭帝即位，改葬之，棺空无尸，独丝履存焉。

杜兰香诣张傅

汉时有杜兰香者，自称南康人氏。以建兴四年春，数诣张傅。傅年十七。望见其车在门外，婢通言："阿母所生，遗授配君，可不敬从？"傅先改名硕。硕呼女前视，可十六七，说事邈然久远。有婢子二人，大者萱支，小者松支。钿车青牛，上饮食皆备。作诗曰："阿母处灵岳，时游云霄际。众女侍羽仪，不出墉宫①外。飘轮送我来，岂复耻尘秽。从我与福俱，嫌我与祸会。"至其年八月旦，复来，作诗曰："逍遥云汉间，呼吸发九嶷②。流汝不稽路，弱水何不之？"出薯蓣③子三枚，大如鸡子，云："食此，令君不畏风波，辟寒温。"硕食二枚，欲留一。不肯，令硕食尽。言："本为君作妻，情无旷远，以年命未合，其小乖，太岁东方卯，当还求君。"兰香降时，硕问："祷祀何如？"香曰："消魔自可愈疾，淫祀无益。"香以药为消魔。

【注释】

①墉宫：墉城，相传为西王母的居所。

②九嶷（yí）：山名，在湖南宁远南。相传舜葬于此。

③薯蓣（yù）：山药。

弦超与知琼

魏济北郡从事掾弦超，字义起。以嘉平中夜独宿，梦有神女来从之。自称天上玉女，东郡人，姓成公，字知琼。早失父母，天帝哀其孤苦，遣令下嫁从夫。超当其梦也，精爽感悟，嘉其美异，非常人之容。觉寤钦想，若存若亡，如此三四夕。

一旦，显然来游，驾辎轩车①，从八婢，服绫罗绮绣之衣，姿颜容体，状若飞仙，自言年七十，视之如十五六女。车上有壶榼②，青白琉璃五具。饮啖奇异，馔具醴酒，与超共饮食。谓超曰："我，天上玉女，见遣下嫁，故来从君。不谓君德，宿时感运，宜为夫妇。不能有益，亦不能为损。然往来常可得驾轻车，乘肥马，饮食常可得远味异膳，缯素常可得充用不乏。然我神人，不为君生子，亦无妒忌之性，不害君婚姻之义。"遂为夫妇。赠诗一篇，其文曰："飘飘③浮勃逢，敖曹云石滋④。芝英不须润，至德与时期。神仙岂虚感，应运来相之。纳我荣五族，逆我致祸灾。"此其诗之大较。其文二百余言，不能悉录。兼注《易》七卷，有卦有象，以象为属。故其文言既有义理，又可以占吉凶，犹扬子之《太玄》，薛氏之《中经》也。超皆能通其旨意，用之占候。

作夫妇经七八年，父母为超娶妇之后，分日而燕，分夕而寝，夜来晨去，倏忽若飞，唯超见之，他人不见。虽居暗室，辄闻人声，常见踪迹，然不睹其形。后人怪问，漏泄其事。玉女遂求去，云："我，神人也。虽与君交，不愿人知。而君性疏漏，我今本末已露，不复与君通接。积年交结，恩义不轻，一旦分别，岂不怆恨⑤？势不得不尔，各自努力！"又呼侍御，下酒饮啖。发簏⑥，取织成裙衫两副遗超，又赠诗一首，把臂告辞，涕泣流离，肃然升车，去若飞迅。超忧感积日，殆至委顿。

去后五年，超奉郡使至洛，到济北鱼山下，陌上西行，遥望曲道头有一马车，似知琼。驱驰前至，果是也。遂披帷相见，悲喜交切。控左援绥，同乘至洛。遂为室家，克复旧好。至太康中犹在。但不日日往来，每于三月三日、五月五日、七月七日、九月九日、旦、十五日辄下往来，经宿而去。张茂先为之作《神女赋》。

【注释】

①辎軿（píng）车：泛指有屏蔽的车子。

②榼（kē）：古代盛水或酒的器具。

③飘飖（yáo）：随风飘动。

④敖曹：指声音嘈杂。滋：指声音发出。

⑤怆（chuàng）恨：悲痛的情绪。

⑥篚（fěi）：竹编的容器。

卷二

寿光侯劾鬼魅

寿光侯者，汉章帝时人也。能劾百鬼众魅，令自缚见形。其乡人有妇为魅所病，侯为劾之，得大蛇数丈，死于门外，妇因以安。又有大树，树有精，人止其下者死，鸟过之亦坠。侯劾之，树盛夏枯落，有大蛇长七八丈，悬死树间。章帝闻之，征问，对曰："有之。"帝曰："殿下有怪，夜半后常有数人，绛衣披发，持火相随，岂能劾之？"侯曰："此小怪，易消耳！"帝伪使三人为之。侯乃设法，三人登时仆地无气。帝惊曰："非魅也，朕相试耳。"即使解之。或云："汉武帝时，殿下有怪，常见朱衣披发相随，持烛而走。帝谓刘凭曰：'卿可除此否？'凭曰：'可。'乃以青符掷之，见数鬼倾地。帝惊曰：'以相试耳。'解之而苏。"

樊英含水灭火

樊英隐于壶山。尝有暴风从西南起，英谓学者曰："成都市火甚盛。"因含水漱之，乃命计其时日。后有从蜀来者云："是日大火，有云从东起，须臾大雨，火遂灭。"

徐登与赵昞

闽中有徐登者，女子化为丈夫，与东阳赵昞，并善方术。时遭兵乱，相遇于溪，各矜其所能。登先禁溪水为不流，昞次禁杨柳为生稊①。二人相视而笑。登年长，昞师事之。后登身故，昞东入章安，百姓未知，昞乃升茅屋，据鼎而爨②。主人惊怪，昞笑而不应，屋亦不损。

【注释】

①稊（tí）：指植物的嫩芽。

②爨（cuàn）：生火煮饭。

赵昞

赵昞尝临水求渡，船人不许。昞乃张帷盖，坐其中，长啸呼风，乱流而济。于是百姓敬服，从者如归。长安令恶其惑众，收杀之。民为立祠于永康，至今蚊蚋不能入。

徐登赵昞尚清俭

徐登、赵昞贵尚清俭，祀神以东流水，削桑皮以为脯。

东海君遗青襦

陈节访诸神，东海君以织成青襦一领遗之。

边洪发狂

宣城边洪为广阳领校，母丧归家。韩友往投之。时日已暮，出告从者："速装束，吾当夜去。"从者曰："今日已暝，数十里草行，何急复去？"友曰："此间血覆地，宁可复住？"苦留之，不得。其夜，洪欻①发狂，绞杀两子，并杀妇。又斫②父婢二人，皆被创，因走亡。数日，乃于宅前林中得之，已自经③死。

【注释】

①欻（xū）：忽然。

②斫（zhuó）：砍，削。

③经：缢，吊。

鞠道龙说黄公

鞠道龙善为幻术，尝云："东海人黄公，善为幻，制蛇御虎，常佩赤金刀。及衰老，饮酒过度。秦末，有白虎见于东海，诏遣黄公以赤刀往厌①之。术既不行，遂为虎所杀。"

【注释】

①厌：指用迷信的办法镇服或驱除灾祸。

谢纠食客

谢纠尝食客，以朱书符投井中，有一双鲤鱼跳出。即命作脍，一坐皆得遍。

天竺胡人

晋永嘉中，有天竺胡人来渡江南。其人有数术，能断舌复续，吐火，所在人士聚观。将断时，先以舌吐示宾客，然后刀截，血流覆地，乃取置器中，传以示人。视之，舌头，半舌犹在，既而还，取含续之。坐有顷，坐人见舌则如故，不知其实断否。其续断，取绢布，与人各执一头，对剪，中断之。已而取两断合视，绢布还连续，无异故体。时人多疑以为幻，阴乃试之，真断绢也。其吐火，先有药在器中，取火一片，与黍糖合之，再三吹呼，已而张口，火满口中，因就爇^①取以炊，则火也。又取书纸及绳缕之属投火中，众共视之，见其烧爇了尽，乃拨灰中，举而出之，故向物也。

【注释】

①爇（ruò）：火。

扶南王范寻

扶南王范寻养虎于山，有犯罪者投于虎，不噬，乃宥之。故山名大虫，亦名大灵。又养鳄鱼十头，若犯罪者投与鳄鱼，不噬，乃赦之。无罪者皆不噬，故有鳄鱼池。又尝煮水令沸，以金指环投汤中，然后以手探汤。其直者，手不烂；有罪者，入汤即焦。

贾佩兰说宫里风俗

戚夫人侍儿贾佩兰，后出为扶风人段儒妻，说："在宫内时，尝以弦管歌舞相欢娱，竞为妖服，以趋良时。十月十五日，共入灵女庙，以豚黍乐神，吹笛击筑①，歌《上灵之曲》。既而相与连臂，踏地为节，歌《赤凤皇来》。乃巫俗也。至七月七日，临百子池，作于阗②乐，乐毕，以五色缕相羁，谓之相连绶。八月四日，出雕房北户，竹下围棋，胜者终年有福，负者终年疾病。取丝缕，就北辰星③求长命，乃免。九月，佩茱萸，食蓬饵④，饮菊花酒，令人长命。菊花舒时，并采茎叶，杂黍米酿之，至来年九月九日始熟，就饮焉，故谓之菊花酒。正月上辰，出池边盥濯⑤，食蓬饵，以被妖邪。三月上巳，张乐于流水。如此终岁焉。"

【注释】

①筑：古代的一种弦乐器。

②于阗（tián）：西域古国之一，在今新疆和田一带。

③北辰星：北极星。

④蓬饵：重阳节时食用的一种米糕。

⑤盥濯（guàn zhuó）：洗涤。

李少翁现李夫人

汉武帝时幸李夫人。夫人卒后，帝思念不已。方士齐人李少翁，言能致其神。乃夜施帷帐，明灯烛，而令帝居他帐，遥望之。见美女居帐中，如李夫人之状，还幄坐而步，又不得就视。帝愈益悲感，为作诗曰："是耶？非耶？立而望之，偏①娜娜，何冉冉其来迟！"令乐府诸音家弦歌之。

【注释】

①偏：通"翩"。飘扬的样子。

营陵道人令生死相见

汉北海营陵有道人，能令人与已死人相见。其同郡人妇死已数年，闻而往见之，曰："愿令我一见亡妇，死不恨矣！"道人曰："卿可往见之，若闻鼓声，即出勿留。"乃语其相见之术。俄而得见之。于是与妇言语，悲喜恩情如生。良久，闻鼓声恨恨①，不能得住。当出户时，忽掩其衣裾户间，掣绝而去。至后岁余，此人身亡。家葬之，开冢，见妇棺盖下有衣裾。

【注释】

①恨（liàng）恨：象声词，形容鼓声。

吴孙休有疾

吴孙休有疾，求觋①视者，得一人，欲试之。乃杀鹅而埋于苑中，架小屋，施床几，以妇人屐履服物着其上。使觋视之，告曰："若能说此冢中鬼妇人形状者，当加厚赏，而即信矣。"竟日无言。帝推问之急，乃曰："实不见有鬼，但见一白头鹅立墓上，所以不即白之，疑是鬼神变化作此相，当候其真形，而定不复移易，不知何故。敢以实上。"

【注释】

①觋（xí）：男巫。

寻冢石子冈

吴孙峻杀朱主，埋于石子冈。归命即位，将欲改葬之，冢墓相亚①，不可识别。而宫人颇识主亡时所着衣服，乃使两巫各住一处，以伺其灵，使察鉴之，不得相近。久时，二人俱白："见一女人，年可三十余，上着青锦束头，紫白裌②裳，丹绨③丝履，从石子冈上。半冈而以手抑膝，长太息。小住须臾，更进一冢上便止，徘徊良久，奄然不见。"二人之言，不谋而合。于是开冢，衣服如之。

【注释】

①相亚：相互并排。

②裌（jiá）：夹衣。

③绨（tí）：厚实而有光泽的丝织品。

夏侯弘见鬼

夏侯弘自云见鬼，与其言语。镇西谢尚所乘马忽死，忧恼甚至。谢曰："卿若能令此马生者，卿真为见鬼也。"弘去，良久还，曰："庙神乐君马，故取之。今当活。"尚对死马坐，须臾，马忽自门外走还，至马尸间便灭，应时能动，起行。

谢曰："我无嗣，是我一身之罚。"弘经时无所告。曰："顷所见，小鬼耳，必不能辨此源由。"后忽逢一鬼，乘新车，从十许人，着青丝布袍。弘前提牛鼻，车中人谓弘曰："何以见阻？"弘曰："欲有所问。镇西将军谢尚无儿。此君风流令望，不可使之绝祀。"军中人动容曰："君所道，正是仆儿。年少时，与家中婢通，誓约不再婚而违约。今此婢死，在天诉之，是故无儿。"弘具以告。谢曰："吾少时诚有此事。"

弘于江陵见一大鬼，提矛戟，有随从小鬼数人。弘畏惧，下路避之。大鬼过后，捉得一小鬼，问："此何物？"曰："杀人以此矛戟。若中心腹者，无不辄死。"弘曰："治此病有方否？"鬼曰："以乌鸡薄①之即差。"弘曰："今欲何行？"鬼曰："当至荆、扬二州。"尔时比日行心腹病，无有不死者。弘乃教人杀乌鸡以薄之，十不失八九。今治中恶，辄用乌鸡薄之者，弘之由也。

【注释】

①薄：通"敷"。涂抹。

卷三

钟离意得素书

汉永平中，会稽钟离意，字子阿，为鲁相。到官，出私钱万三千文，付户曹孔䜣修夫子车。身入庙，拭几席剑履。男子张伯，除堂下草，土中得玉璧七枚，伯怀其一，以六枚白意。意令主簿安置几前，孔子教授堂下床首有悬瓮，意召孔䜣，问："此何瓮也？"对曰："夫子瓮也。背有丹书，人莫敢发也。"意曰："夫子圣人，所以遗瓮，欲以悬示后贤。"因发之。中得素书，文曰："后世修吾书，董仲舒。护吾车，拭吾履，发吾笥①，会稽钟离意。璧有七，张伯藏其一。"意即召问："璧有七，何藏一耶？"伯叩头出之。

【注释】

①笥（sì）：盛衣物或盛饭的方形竹器。

段元章明风角

段翳，字元章，广汉新都人也。习《易经》，明风角①。有一生来学积年，自谓略究要术，辞归乡里。医为合膏药，并以简书封于筒中，告生曰："有急，发视之。"生到葭萌，与吏争度，津吏挝②破从者头。生开筒得书，言："到葭萌，与吏斗，头破者，以此膏裹之。"生用其言，创者即愈。

【注释】

①风角：古人以五音占四方之风而定吉凶的占卜方法。

②挝（zhuā）：敲，打。

许季山为臧仲英祛怪

右扶风臧仲英，为侍御史。家人作食设案，有不清尘土投污之。炊临熟，不知釜处，兵弩自行，火从箧簏①中起，衣物尽烧，而箧簏故完。妇女婢使，一旦尽失其镜。数日，从堂下掷庭中，有人声言："还汝镜。"女孙年三四岁，亡之，求不知处。两三日，乃于圊②中粪下啼。若此非一。汝南许季山者，素善卜卦，卜之曰："家当有老青狗物，内中侍御者名益喜，与共为之。诚欲绝，杀此狗，遣益喜归乡里。"仲英从之，怪遂绝。后徙为太尉长史，迁鲁相。

【注释】

①箧簏（qiè lù）：竹箱。

②圊（qīng）：厕所。

董彦兴为乔玄讲怪

太尉乔玄，字公祖，梁国人也。初为司徒长史。五月末，于中门卧。夜半后，见东壁正白，如开门明。呼问左右，左右莫见。因起自往，手扪摸之，壁自如故。还床复见，心大怖恐。其友应劭适往候之，语次相告。劭曰："乡人有董彦兴者，即许季山外孙也。其探赜①索隐，穷神知化，虽眭孟、京房，无以过也。然天性褊狭②，羞于卜筮者。"间来候师王叔茂请往迎之，须臾便与俱来。公祖虚礼盛馔，下席行觞。彦兴自陈："下土诸生，无他异分，币重言甘，诚有踧踖③。颇能别者，愿得从事。"公祖辞让再三，尔乃听之，曰："府君当有怪，白光如门明者，然不为害也。六月上旬鸡鸣时，闻南家哭，即吉。到秋节，迁北行郡，以金为名。位至将军三公。"公祖曰："怪异如此，救族不暇，何能致望于所不图？此相饶耳。"至六月九日未明，太尉杨秉暴薨。七月七日，拜钜鹿太守，"钜"边有"金"。后为度辽将军，历登三事。

【注释】

①赜（zé）：精微深奥。

②褊（biǎn）狭：心胸、气量狭小。

③踧踖（cù jí）：恭敬而不安的样子。

管辂善《易》卜

管辂，字公明，平原人也。善《易》卜。安平太守东莱王基，字伯舆，家数有怪，使辂筮之。卦成，辂曰："君之卦，当有贱妇人生一男，堕地便走，入灶中死。又床上当有一大蛇衔笔，大小共视，须臾便去。又乌来入室中，与燕共斗，燕死乌去。有此三卦。"基大惊曰："精义之致，乃至于此！幸为占其吉凶。"辂曰："非有他祸，直客舍久远，魑魅罔两①共为怪耳。儿生便走，非能自走，直宋无忌②之妖将其入灶也。大蛇衔笔者，直老书佐耳。乌与燕斗者，直老铃下③耳。夫神明之正，非妖能害也。万物之变，非道所止也。久远之浮精，必能之定数也。今卦中见象而不见其凶，故知假托之数，非妖咎之征，自无所忧也。昔高宗之鼎，非雉所雊；太戊之阶，非桑所生。然而野鸟一雊，武丁为高宗；桑谷暂生，太戊以兴。焉知三事不为吉祥？愿府君安身养德，从容光大，勿以神奸，污累天真。"后卒无他，迁安南督军。后辂乡里乃太原问辂："君往者为王府君论怪，云'老书佐为蛇，老铃下为乌'，此本皆人，何化之微贱乎？为见于爻象，出君意乎？"辂言："苟非性与天道，何由背爻象而任心胸者乎？夫万物之化，无有常形；人之变异，无有定体。或大为小，或小为大，固无优劣。万物之化，一例之道也。是以夏鲧，天子之父；赵王如意，汉高之子。而鲧为黄能，意为苍狗，斯亦至尊之位，而为黔喙之类也。况蛇者协辰巳之位，乌者栖太阳之精，此乃腾黑④之明象，白日之流景。如书佐、铃下，各以微躯，化为蛇乌，不亦过乎。"

　　管辂至平原，见颜超貌主⑤夭亡，颜父乃求辂延命。辂曰："子归，觅清酒一榼，鹿脯一斤。卯日，刈麦地南大桑树下，有二人围棋次，但酌酒置脯，饮尽更斟，以尽为度。若问汝，汝但拜之，勿言。必合有人救汝。"颜依言而往，果见二人围棋，颜置脯斟酒于前。其人贪戏，但饮酒食脯不顾。数巡，北边坐者忽见颜在，叱曰："何故在此？"颜惟拜之。南面坐者语曰："适来饮他酒脯，宁无情乎？"北坐者曰："文书已定。"南坐者曰："借文书看之。"见超寿止可十九岁，乃取笔挑上，语曰："救汝至九十年活。"颜拜而回。管语颜曰："大助子，且喜得增寿。北边坐人是北斗，南边坐人是南斗。南斗注生，北斗注死。凡人受胎，皆从南斗过北斗。所有祈求，皆向北斗。"

信都令家妇女惊恐，更互疾病，使辂筮之。辂曰："君北堂西头有两死男子，一男持矛，一男持弓箭，头在壁内，脚在壁外。持矛者主刺头，故头重痛，不得举也；持弓箭者主射胸腹，故心中悬痛不得饮食也。昼则浮游，夜来病人，故使惊恐也。"于是掘其室中，入地八尺，果得二棺。一棺中有矛，一棺中有角弓及箭。箭久远，木皆消烂，但有铁及角完耳。乃徙骸骨，去城二十里埋之，无复疾病。

利漕民郭恩，字义博，兄弟三人，皆得躄⑥疾，使辂筮其所由。辂曰："卦中有君本墓，墓中有女鬼，非君伯母，当叔母也。昔饥荒之世，当有利其数升米者，排着井中，啧啧有声，推一大石下，破其头。孤魂冤痛，自诉于天耳。"

【注释】

①魑魅罔两：鬼怪的统称。也作"魑魅魍魉"。

②宋无忌：传说中的火精。

③铃下：仆役、门卒或侍卫。

④腾黑：黑暗。

⑤主：预兆。

⑥躄（bì）：瘸腿。

淳于智能《易》筮

淳于智，字叔平，济北卢人也。性深沉，有思义。少为书生，能《易》筮，善厌胜之术。高平刘柔夜卧，鼠啮其左手中指，意甚恶之，以问智。智为筮之，曰："鼠本欲杀君而不能，当为使其反死。"乃以朱书手腕横纹后三寸，为田字，可方一寸二分，使夜露手以卧，有大鼠伏死于前。

上党鲍瑗，家多丧病，贫苦。淳于智卜之，曰："君居宅不利，故令君困尔。君舍东北有大桑树。君径至市，入门数十步，当有一人卖新鞭者，便就买还，以悬此树。三年，当暴得财。"瑗承言诣市，果得马鞭。悬之三年，浚井，得钱数十万，铜铁器复二万余。于是业用既展，病者亦无恙。

谯人夏侯藻，母病困，将诣智卜。忽有一狐，当门向之嗥叫。藻大愕惧，遂驰诣智。智曰："其祸甚急。君速归，在狐嗥处拊心啼哭，令家人惊怪，大小毕出，一人不出，啼哭勿休。然其祸仅可免也。"藻还，如其言，母亦扶病而出。家人既集，堂屋五间拉然①而崩。

护军张劭，母病笃。智筮之，使西出市沐猴②，系母臂，令旁人捶拍，恒使作声，三日放去。劭从之，其猴出门，即为犬所咋③死，母病遂差。

【注释】

①拉然：形容房子倒塌的样子。

②沐猴：猕猴。

③咋（zé）：咬。

郭璞卜筮

郭璞，字景纯，行至庐江，劝太守胡孟康急回南渡，康不从。璞将促装①去之，爱其婢，无由得，乃取小豆三斗，绕主人宅散之。主人晨起，见赤衣人数千围其家，就视则灭，甚恶之。请璞为卦，璞曰："君家不宜畜此婢，可于东南二十里卖之，慎勿争价，则此妖可除也。"璞阴令人贱买此婢，复为投符于井中，数千赤衣人一一自投于井。主人大悦。璞携婢去，后数旬而庐江陷。

赵固所乘马忽死，甚悲惜之，以问郭璞。璞曰："可遣数十人持竹竿，东行三十里，有山林陵树，便搅打之，当有一物出，急宜持归。"于是如言，果得一物，似猿。持归，入门见死马，跳梁②走往死马头，嘘吸③其鼻。顷之，马即能起，奋迅嘶鸣，饮食如常。亦不复见向物。固奇之，厚加资给。

扬州别驾顾球姊，生十年便病，至年五十余，令郭璞筮，得"大过"之"升"，其辞曰："大过卦者义不嘉，冢墓枯杨无英华。振动游魂见龙车，身被重累婴④妖邪。法由斩祀杀灵蛇，非己之咎先人瑕。案卦论之可奈何。"球乃迹访其家事，先世曾伐大树，得大蛇杀之，女便病。病后，有群鸟数千回翔屋上，人皆怪之，不知何故，有县农行过舍边，仰视，见龙牵车，五色晃烂，其大非常，有顷遂灭。

义兴方叔保得伤寒，垂死，令璞占之，不吉，令求白牛厌之。求之不得，唯羊子玄有一白牛，不肯借。璞为致之，即日有大白牛从西来，径往临，叔保惊惶，病即愈。

【注释】

①促装：急忙打理行装。

②跳梁：跳跃。

③嘘吸：吐纳呼吸。

④婴：遭遇。

费孝先赠言救命

西川费孝先，善轨革①，世皆知名。有大若人王旻，因货殖②至成都，求为卦。孝先曰："教住莫住，教洗莫洗。一石谷捣得三斗米。遇明即活，遇暗即死。"再三戒之，令诵此言足矣。旻志之。及行，途中遇大雨，憩一屋下，路人盈塞，乃思曰："教住莫住，得非此耶？"遂冒雨行。未几，屋遂颠覆，独得免焉。旻之妻已私邻比，欲媾终身之好，俟旋归，将致毒谋。旻既至，妻约其私人曰："今夕新沐者，乃夫也。"将晡，呼旻洗沐，重易巾帻。旻悟曰："教洗莫洗，得非此也？"坚不从。妻怒，不省，自沐，夜半反被害。既觉惊呼，邻里共视，皆莫测其由，遂被囚系拷讯。狱就，不能自辨。郡守录状，旻泣言："死即死矣，但孝先所言终无验耳！"左右以是语上达。郡守命未得行法，呼旻问曰："汝邻比何人也？"曰："康七。"遂遣人捕之："杀汝妻者，必此人也。"已而果然。因谓僚佐曰："一石谷捣得三斗米，非康七乎？"由是辨雪。诚遇明即活之效。

①轨革：古代一种通过图画来预测吉凶的占卜术。

②货殖：经商。

隗炤遗金

隗炤，汝阴鸿寿亭民也，善《易》。临终书板，授其妻曰："吾亡后，当大荒。虽尔，而慎莫卖宅也。到后五年春，当有诏使来顿①此亭，姓龚。此人负②吾金，即以此板往责之，勿负言也。"亡后，果大困，欲卖宅者数矣，忆夫言，辄止。至期，有龚使者果止亭中，妻遂赍板责之。使者执板，不知所言，曰："我平生不负钱，此何缘尔邪？"妻曰："夫临亡，手书板，见命如此，不敢妄也。"使者沉吟，良久而悟，乃命取蓍筮之。卦成，抵掌叹曰："妙哉隗生！含明隐迹而莫之闻，可谓镜穷达而洞吉凶者也。"于是告其妻曰："吾不负金，贤夫自有金。乃知亡后当暂穷，故藏金以待太平。所以不告儿妇者，恐金尽而困无已也。知吾善《易》，故书板以寄意耳。金五百斤，盛以青甖，覆以铜柈③，埋在堂屋东头，去壁一丈，入地九尺。"妻还掘之，果得金，皆如所卜。

【注释】

①诏使：皇帝派出的使者。顿：停留。

②负：欠。

③柈（pán）：盘子。

韩友驱狐

韩友，字景先，庐江舒人也。善占卜，亦行京房厌胜之术。刘世则女病魅积年，巫为攻祷，伐空冢故城间，得狸鼍数十，病犹不差。友筮之，命作布囊，俟女发时，张囊着窗牖间。友闭户作气，若有所驱。须臾间，见囊大胀如吹，因决败之。女仍大发。友乃更作皮囊二枚，沓张之，施张如前，囊复胀满，因急缚囊口，悬着树，二十许日，渐消。开视，有二斤狐毛。女病遂差。

严卿禳灾

会稽严卿，善卜筮。乡人魏序欲东行，荒年多抄盗，令卿筮之。卿曰："君慎不可东行，必遭暴害，而非劫也。"序不信。卿曰："既必不停，宜有以禳之。可索西郭外独母家白雄狗，系着船前。"求索，止得驳狗，无白者。卿曰："驳者亦足。然犹恨其色不纯，当余小毒，止及六畜辈耳，无所复忧。"序行半路，狗忽然作声甚急，有如人打之者。比视已死，吐黑血斗余。其夕，序墅上白鹅数头，无故自死。序家无恙。

华佗治病

沛国华佗，字元化，一名旉。琅邪刘勋为河内太守，有女年几二十，苦脚左膝里有疮，痒而不痛。疮愈，数十日复发，如此七八年。迎佗使视，佗曰："是易治之。"当得稻糠黄色犬一头，好马二匹。以绳系犬颈，使走马牵犬，马极辄易。计马走三十余里，犬不能行，复令步人拖曳，计向五十里，乃以药饮女，女即安卧，不知人。因取大刀，断犬腹近后脚之前，以所断之处向疮口，令二三寸停之。须臾，有若蛇者从疮中出，便以铁椎横贯蛇头，蛇在皮中动摇良久，须臾不动，乃牵出。长三尺许，纯是蛇，但有眼处，而无瞳子，又逆鳞耳。以膏散着疮中，七日愈。

佗尝行道，见一人病咽，嗜食不得下。家人车载，欲往就医。佗闻其呻吟声，驻车往视，语之曰："向来道边，有卖饼家蒜齑大酢①，从取三升饮之，病自当去。"即如佗言，立吐蛇一枚。

【注释】

①齑（jī）：调味用的蒜、姜或韭菜碎末儿。酢（cù）：同"醋"。

卷四

风伯雨师

风伯、雨师，星也。风伯者，箕星也；雨师者，毕星也。郑玄谓司中、司命，文昌第四、第五星也。雨师一曰屏翳，一曰屏号，一曰玄冥。

蜀郡张宽

蜀郡张宽，字叔文，汉武帝时为侍中。从祀甘泉，至渭桥，有女子浴于渭水，乳长七尺。上怪其异，遣问之。女曰："帝后第七车者知我所来。"时宽在第七车，对曰："天星主祭祀者，斋戒不洁则女人见。"

太公望为灌坛令

文王以太公望为灌坛令。期年，风不鸣条。文王梦一妇人，甚丽，当道而哭。问其故，曰："吾泰山之女，嫁为西海妇，欲归。今为灌坛令当道有德，废我行。我行必有大风疾雨，大风疾雨，是毁其德也。"文王觉，召太公问之。是日果有疾雨暴风，从太公邑外而过。文王乃拜太公为大司马。

胡母班过泰山

胡母班，字季友，泰山人也。曾至泰山之侧，忽于树间逢一绛衣驺①，呼班云："泰山府君召。"班惊愕，逡巡未答。复有一驺出呼之，遂随行。数十步，驺请班暂瞑②。少顷，便见宫室，威仪甚严，班乃入阁拜谒。主为设食，语班曰："欲见君无他，欲附书与女婿耳。"班问："女郎何在？"曰："女为河伯妇。"班曰："辄当奉书，不知缘何得达？"答曰："今适河中流，便扣舟呼青衣③，当自有取书者。"班乃辞出。昔驺复令闭目，有顷，忽如故道。遂西行，如神言而呼青衣。须臾，果有一女仆出，取书而没。少顷，复出，云："河伯欲暂见君。"婢亦请瞑目。遂拜谒河伯。河伯乃大设酒食，词旨殷勤。临去，谓班曰："感君远为致书，无物相奉。"于是命左右："取吾青丝履来！"以贻班。班出，瞑然忽得还舟。遂于长安经年而还。至泰山侧，不敢潜过，遂扣树，自称姓名："从长安还，欲启消息。"须臾，昔驺出，引班如向法而进，因致书焉。府君请曰："当别再报。"班语讫，如厕。忽见其父着械徒作，此辈数百人。班进拜流涕，问："大人何因及此？"父云："吾死，不幸见谴三年。今已二年矣，困苦不可处。知汝今为明府所识，可为吾陈之，乞免此役，便欲得社公④耳。"班乃依教，叩头陈乞。府君曰："生死异路，不可相近，身无所惜。"班苦请，方许之。于是辞出还家。岁余，儿子死亡略尽。班惶惧，复诣泰山，扣树求见。昔驺遂迎之而见。班乃自说："昔辞旷拙，及还家，

儿死亡至尽。今恐祸故未已，辄来启白，幸蒙哀救。"府君
拊掌大笑曰："昔语君'死生异路，不可相近'故也。"即敕
外召班父。须臾，至庭中，问之："昔求还里社，当为门户
作福，而孙息死亡至尽，何也？"答云："久别乡里，自忻⑤
得还，又遇酒食充足，实念诸孙，召之。"于是代之。父涕
泣而出，班遂还。后有儿皆无恙。

【注释】

①驺（zōu）：古代给贵族掌管车马的人。

②瞑：闭目。

③青衣：这里指侍女或婢女。

④社公：土地神。

⑤忻（xīn）：欢喜。

冯夷溺而做河伯

宋时，弘农冯夷，华阴潼乡堤首人也。以八月上庚日渡
河溺死，天帝署为河伯。又《五行书》曰："河伯以庚辰日
死，不可治船远行，溺没不返。"

河伯嫁女

吴馀杭县南有上湖，湖中央作塘。有一人乘马看戏，将
三四人至岑村饮酒，小醉，暮还。时炎热，因下马入水中，
枕石眠。马断走归，从人悉追马，至暮不返。眠觉，日已
向晡，不见人马。见一妇来，年可十六七，云："女郎再拜。

日既向暮，此间大可畏，君作何计？"因问："女郎何姓？那得忽相闻？"复有一少年，年十三四，甚了了，乘新车，车后二十人，至，呼上车，云："大人暂欲相见。"因回车而去。道中绎络把火，见城郭邑居。既入城，进厅事上，有信幡，题云"河伯信"。俄见一人，年三十许，颜色如画，侍卫繁多。相对欣然，敕行酒炙，云："仆有小女，颇聪明，欲以给君箕帚。"此人知神，不敢拒逆。便敕备办，会就郎中婚。承白已办，遂以丝布单衣及纱袷、绢裙、纱衫裤、履屐，皆精好。又给十小吏，青衣数十人。妇年可十八九，姿容婉媚。便成。三日，经大会客拜阁。四日，云："礼既有限，发遣去。"妇以金瓯、麝香囊与婿别，涕泣而分。又与钱十万，药方三卷，云："可以施功布德。"复云："十年当相迎。"此人归家，遂不肯别婚，辞亲出家作道人。所得三卷方，一卷《脉经》，一卷《汤方》，一卷《丸方》。周行救疗，皆致神验。后母老兄丧，因还婚宦。

华山使传牍书

秦始皇三十六年，使者郑容从关东来，将入函关，西至华阴，望见素车白马，从华山上下。疑其非人，道住，止而待之。遂至，问郑容曰："安之？"答曰："之咸阳。"车上人曰："吾华山使也，愿托一牍书，致镐池君所。子之咸阳，道过镐池，见一大梓，下有文石，取款梓，当有应者，即以书与之。"容如其言，以石款[1]梓树，果有人来取书。明年，祖龙[2]死。

①款：敲击。

②祖龙：指秦始皇。

张璞舍女救人

张璞，字公直，不知何许人也。为吴郡太守，征还，道由庐山，子女观于祠室，婢使指像人以戏曰："以此配汝。"其夜，璞妻梦庐君致聘曰："鄙男不肖，感垂采择，用致微意。"妻觉，怪之。婢言其情。于是妻惧，催璞速发。中流，舟不为行，阖船震恐。乃皆投物于水，船犹不行。或曰："投女则船为进。"皆曰："神意已可知也，以一女而灭一门，奈何？"璞曰："吾不忍见之。"乃上飞庐卧，使妻沉女于水。妻因以璞亡兄孤女代之，置席水中，女坐其上，船乃得去。璞见女之在也，怒曰："吾何面目于当世也。"乃复投己女。及得渡，遥见二女在下。有吏立于岸侧，曰："吾，庐君主簿也。庐君谢君，知鬼神非匹，又敬君之义，故悉还二女。"后问女，言："但见好屋吏卒，不觉在水中也。"

曹著拒庐山使之婚

建康小吏曹著，为庐山使所迎，配以女婉。著形意不安，屡屡求请退。婉潸然垂涕，赋诗序别，并赠织成裈衫①。

宫亭湖

宫亭湖①孤石庙，尝有估客②至都，经其庙下，见二女子，云："可为买两量③丝履，自相厚报。"估客至都，市好丝履，并箱盛之，自市书刀亦内箱中。既还，以箱及香置庙中而去，忘取书刀。至河中流，忽有鲤鱼跳入船内，破鱼腹，得书刀焉。

南州人有遣吏献犀簪于孙权者，舟过宫亭庙而乞灵焉。神忽下教曰："须汝犀簪。"吏惶遽，不敢应。俄而犀簪已前列矣，神复下教曰："俟汝至石头城，返汝簪。"吏不得已，遂行。自分④失簪，且得死罪。比达石头，忽有大鲤鱼长三尺，跃入舟，剖之得簪。

【注释】

①宫亭湖：鄱阳湖的古名。

②估客：商人。

③量：相当于"双"，古代鞋子的量词。

④分（fèn）：料想。

驴鼠

郭璞过江，宣城太守殷祐引为参军。时有一物，大如水牛，灰色，卑脚，脚类象，胸前尾上皆白，大力而迟钝，来到城下，众咸怪焉。祐使人伏而取之，令璞作卦，遇"遁"之"蛊"，名曰"驴鼠"。卜适了，伏者以戟刺，深尺余。郡纲纪^①上祠请杀之。巫云："庙神不悦。此是郏亭^②驴山君使，至荆山，暂来过我，不须触之。"遂去，不复见。

【注释】

①纲纪：古代公府及州郡的主簿。

②郏亭：宫亭湖。

青洪君赠如愿

庐陵欧明，从贾客道经彭泽湖，每以舟中所有多少投湖中，云以为礼，积数年。后复过，忽见湖中有大道，上多风尘，有数吏，乘车马来候明，云是青洪君使要^①。须臾达，见有府舍，门下吏卒。明甚怖。吏曰："无可怖，青洪君感君前后有礼，故要君，必有重遗^②君者。君勿取，独求如愿耳。"明既见青洪君，乃求如愿。使逐明去。如愿者，青洪君婢也。明将归，所愿辄得，数年，大富。

【注释】

①要：邀请。

②遗（wèi）：馈赠。

黄石公祠

益州之西，云南之东，有神祠，克山石为室，下有民奉祠之，自称黄石公。因言此神，张良所受黄石公之灵也。清净不宰杀。诸祈祷者，持一百纸、一双笔、一丸墨置石室中，前请乞。先闻石室中有声，须臾，问来人何欲。既言，便具语吉凶，不见其形。至今如此。

樊道基与成夫人

永嘉中，有神见兖州，自称樊道基。有妪，号成夫人。夫人好音乐，能弹箜篌，闻人弦歌，辄便起舞。

天帝使者

沛国戴文谋，隐居阳城山中。曾于客堂食际，忽闻有神呼曰："我天帝使者，欲下凭君，可乎？"文闻甚惊。又曰："君疑我也？"文乃跪曰："居贫，恐不足降下耳。"既而洒扫设位，朝夕进食甚谨。后于室内窃言之，妇曰："此恐是妖魅凭依耳。"文曰："我亦疑之。"及祠飨之时，神乃言曰："吾相从，方欲相利，不意有疑心异议。"文辞谢之际，忽堂上如数十人呼声。出视之，见一大鸟五色，白鸠数十随之，东北入云而去，遂不见。

糜竺遇天使

糜竺，字子仲，东海朐人也。祖世货殖，家资巨万。常①从洛归，未至家数十里，见路次有一好新妇，从竺求寄载。行可二十余里，新妇谢去，谓竺曰："我，天使也，当往烧东海糜竺家，感君见载，故以相语。"竺因私请之，妇曰："不可得不烧。如此，君可快去，我当缓行，日中必火发。"竺乃急行归，达家，便移出财物。日中而火大发。

【注释】

①常：通"尝"。曾经。

阴子方黄羊祭灶

汉宣帝时，南阳阴子方者，性至孝，积恩好施，喜祀灶。腊日①晨炊，而灶神形见。子方再拜受庆，家有黄羊，因以祀之。自是已后，暴至巨富，田七百余顷，舆马仆隶，比于邦君。子方尝言："我子孙必将强大。"至识②三世，而遂繁昌。家凡四侯，牧守数十。故后子孙尝以腊日祀灶，而荐黄羊焉。

【注释】

①腊日：指腊八，农历十二月初八。
②识：阴识。汉光武帝刘秀光烈皇后的哥哥。

蚕神

吴县张成夜起，忽见一妇人立于宅南角，举手招成曰："此是君家之蚕室，我即此地之神。明年正月十五，宜作白粥，泛膏于上。"以后年年大得蚕。今之作膏糜像此。

戴侯祠

豫章有戴氏女，久病不差，见一小石，形像偶人。女谓曰："尔有人形，岂神？能差我宿疾者，吾将重汝。"其夜，梦有人告之："吾将祐汝。"自后疾渐差。遂为立祠山下。戴氏为巫，故名戴侯祠。

君山神

汉阳羡长刘玘尝言："我死，当为神。"一夕饮醉，无病而卒。风雨失其枢。夜闻荆山有数千人喊声，乡民往视之，则棺已成冢。遂改为君山，因立祠祀之。

卷五

蒋侯五事

蒋子文者，广陵人也。嗜酒好色，挑达无度。常自谓己骨清，死当为神。汉末为秣陵尉，逐贼至钟山下，贼击伤额，因解绶缚之，有顷遂死。及吴先主[①]之初，其故吏见文于道，乘白马，执白羽扇，侍从如平生。见者惊走。文追之，谓曰："我当为此土地神，以福尔下民。尔可宣告百姓，为我立祠。不尔，将有大咎。"是岁夏大疫，百姓窃相恐动，颇有窃祠之者矣。文又下巫祝："吾将大启祐孙氏，宜为我立祠。不尔，将使虫入人耳为灾。"俄而小虫如尘虻，入耳皆死，医不能治，百姓愈恐。孙主未之信也。又下巫祝："若不祀我，将又以大火为灾。"是岁火灾大发，一日数十处，火及公宫。议者以为鬼有所归，乃不为厉，宜有以抚之。于是使使者封子文为中都侯，次弟子绪为长水校尉，皆加印绶，为立庙堂。转号钟山为蒋山，今建康东北蒋山是也。自是灾厉止息，百姓遂大事之。

刘赤父者，梦蒋侯召为主簿。期日[②]促，乃往庙陈请："母老子弱，情事过切，乞蒙放恕。会稽魏过，多材艺，善事神，请举过自代。"因叩头流血。庙祝曰："特愿相屈，魏过何人，而有斯举？"赤父固请，终不许。寻而赤父死焉。

咸宁中，太常卿韩伯子某、会稽内史王蕴子某、光禄大夫刘耽子某，同游蒋山庙。庙有数妇人像，甚端正。某等醉，各指像以戏，自相配匹。即以其夕，三人同梦蒋侯遣传教相闻，曰："家子女并丑陋，而猥垂荣顾。辄刻③某日，悉相奉迎。"某等以其梦指适④异常，试往相问，而果各得此梦，符协如一。于是大惧，备三牲，诣庙谢罪乞哀。又俱梦蒋侯亲来降己，曰："君等既已顾之，实贪会对。克期垂及，岂容方更中悔？"经少时并亡。

会稽郧县东野，有女子，姓吴，字望子，年十六，姿容可爱。其乡里有解鼓舞神者，要之便往。缘塘行，半路忽见一贵人，端正非常。贵人乘船，挺力十余，皆整顿。令人问望子欲何之，具以事对。贵人云："今正欲往彼，便可入船共去。"望子辞不敢。忽然不见。望子既拜神座，见向船中贵人俨然端坐，即蒋侯像也。问望子来何迟，因掷两橘与之。数数形见，遂隆情好。心有所欲，辄空中下之。尝思啖鲤，一双鲜鲤随心而至。望子芳香，流闻数里，颇有神验，一邑共事奉。经三年，望子忽生外意，神便绝往来。

陈郡谢玉为琅邪内史，在京城。所在虎暴，杀人甚众。有一人以小船载年少妇，以大刀插着船，挟暮⑤来至逻所，将出语云："此间顷来甚多草秽⑥，君载细小，作此轻行，大为不易。可止逻宿也。"相问讯既毕，逻将适还去。其妇上岸，便为虎将去。其夫拔刀大唤，欲逐之。先奉事蒋侯，乃唤求助。如此当行十里，忽如有一黑衣为之导。其人随之，当复二十里，见大树。既至一穴，虎子闻行声，谓其母至，皆走出，其人即其所杀之。便拔刀隐树侧。住良久，虎方至，便下妇着地，倒牵入穴。其人以刀当腰斫断之。虎既死，其妇故活。向晓能语。问之，云："虎初取，便负着背上。临至而后下之。四体无他，止为草木伤耳。"扶归还船。明夜，梦一人语之曰："蒋侯使助汝，知否？"至家，杀猪祠焉。

【注释】

①吴先主：指三国吴主孙权。

②期日：约定的日期。

③刻：限定。

④指适：指归。

⑤挟暮：傍晚。

⑥草秽：这里代指老虎。

丁姑渡河

淮南全椒县有丁新妇者，本丹阳丁氏女，年十六，适全椒谢家。其姑①严酷，使役有程，不如限者，仍便笞捶不可堪。九月九日乃自经死。遂有灵响闻于民间，发言于巫祝曰："念人家妇女作息不倦，使避九月九日，勿用作事。"吴平后，其女幽魂思乡欲归。永平元年九月七日，见形着缥衣②，戴青盖，从一婢，至牛渚津求渡。有两男子，共乘船捕鱼，仍呼求载。两男子笑，共调弄之，言："听我为妇，当相渡也。"丁妪曰："谓汝是佳人，而无所知。汝是人，当使汝入泥死；是鬼，使汝入水。"便却入草中。须臾，有一老翁乘船载苇，妪从索渡。翁曰："船上无装，岂可露渡？恐不中载耳。"妪言无苦。翁因出苇半许，安处着船中，径渡之，至南岸。临去，语翁曰："吾是鬼神，非人也，自能得过。然宜使民间粗相闻知。翁之厚意，出苇相渡，深有惭感，当有以相谢者。若翁速还去，必有所见，亦当有所得也。"翁曰："恐燥湿不至，何敢蒙谢？"翁还西岸，见两男子覆水中。进前数里，有鱼千数，跳跃水边，风吹至岸上。翁遂弃苇，载鱼以归。于是丁妪遂还丹阳，江南人皆呼为丁姑。九月九日不用作事，咸以为息日也。今所在祠之。

【注释】

①姑：婆母。

②缥（piǎo）衣：淡青色的衣服。

赵公明参佐

散骑侍郎王祐疾困，与母辞诀。既而闻有通宾者，曰某郡某里某人，尝为别驾，祐亦雅闻其姓字。有顷，奄然来至，曰："与卿士类有自然之分。又州里，情便款然。今年国家有大事，出三将军，分布征发。吾等十余人，为赵公明府参佐，至此仓卒①，见卿有高门大屋，故来投。与卿相得，大不可言。"祐知其鬼神，曰："不幸疾笃，死在旦夕。遭卿，以性命相托。"答曰："人生有死，此必然之事。死者不系生时贵贱。吾今见领兵三千，须卿，得度簿相付。如此地难得，不宜辞之。"祐曰："老母年高，兄弟无有，一旦死亡，前无供养。"遂欷歔②不能自胜。其人怆然曰："卿位为常伯，而家无余财，向闻与尊夫人辞诀，言辞哀苦。然则卿国士也，如何可令死？吾当相为。"因起去："明日更来。"其明日又来，祐曰："卿许活吾，当卒恩否？"答曰："大老子③业已许卿，当复相欺耶？"见其从者数百人，皆长二尺许，乌衣军服，赤油为志。祐家击鼓祷祀，诸鬼闻鼓声，皆应节起舞，振袖飒飒有声。祐将为设酒食，辞曰："不须。"因复起去，谓祐曰："病在人体中如火，当以水解之。"因取一杯水，发被灌之。又曰："为卿留赤笔十余枝，在荐④下，可与人使簪之。出入辟恶灾，举事皆无恙。"因道曰："王甲、李乙，吾皆与之。"遂执祐手与辞。时祐得安眠，夜中忽觉，乃呼左右，令开被："神以水灌我，将大沾濡。"开被而信有水，在上被之下、下被之上，不浸，如露之在荷。量之，得三升七合⑤。于是疾三分愈二，数日大除。凡其所道当取者，皆死亡。唯王文英半年后乃亡。所道与赤笔人，皆经疾病及兵乱，皆亦无恙。初，有妖书云："上帝以三将军赵公明、钟士季，各督数万鬼下取人。"莫知所在。祐病差，见此书，与所道赵公明合焉。

【注释】

①仓卒：匆忙。也作"仓促"。

②欷歔（xī xū）：悲泣。

③大老子：魏晋时期，老年男子自傲的称呼。

④荐：垫席。

⑤合（gě）：量词。十合等于一升。

周式遇鬼吏

汉下邳周式尝至东海，道逢一吏，持一卷书求寄载。行十余里，谓式曰："吾暂有所过，留书寄君船中，慎勿发之。"去后，式盗发视书，皆诸死人录，下条有式名。须臾，吏还，式犹视书。吏怒曰："故以相告，而忽视之！"式叩头流血。良久，吏曰："感卿远相载，此书不可除卿名。今日已去，还家，三年勿出门，可得度也。勿道见吾书。"式还不出，已二年余，家皆怪之。邻人卒亡，父怒，使往吊之。式不得已，适出门，便见此吏。吏曰："吾令汝三年勿出，而今出门，知复奈何！吾求不见，连累为鞭杖，今已见汝，无可奈何。后三日日中，当相取也。"式还，涕泣具道如此。父故不信，母昼夜与相守。至三日日中时，果见来取，便死。

张助桑中种李

南顿张助于田中种禾，见李核，欲持去，顾见空桑中有土，因植种，以余浆溉灌。后人见桑中反复生李，转相告语。有病目痛者，息阴下，言："李君令我目愈，谢以一豚。"目痛小疾，亦行自愈。众犬吠声，盲者得视，远近翕赫①，其下车骑常数千百，酒肉滂沱。间一岁余，张助远出来还，见之，惊云"此有何神？乃我所种耳！"因就斫之。

【注释】

①翕（xī）赫：显赫。

出新井

王莽居摄，刘京上言："齐郡临淄县亭长辛当，数梦人谓曰：'吾，天使也，摄皇帝当为真。即不信我，此亭中当有新井出。'亭长起视，亭中果有新井，入地百尺。"

卷六

论妖怪

妖怪者，盖精气之依物者也。气乱于中，物变于外，形神气质，表里之用也。本于五行，通于五事①，虽消息升降，化动万端，其于休咎之征，皆可得域而论矣。

【注释】

①五事：指貌、言、视、听、思。

山徙

夏桀之时，厉山亡。秦始皇之时，三山亡。周显王三十二年，宋大丘社亡。汉昭帝之末，陈留昌邑社亡。京房《易传》曰："山默然自移，天下兵乱，社稷亡也。"故会稽山阴琅邪中有怪山，世传本琅邪东武海中山也。时天夜，风雨晦冥，旦而见武山在焉。百姓怪之，因名曰怪山。时东武县山，亦一夕自亡去，识其形者，乃知其移来。今怪山下见有东武里，盖记山所自来，以为名也。又交州脆州山移至青州。凡山徙，皆不极①之异也。此二事，未详其世。《尚书·金縢》曰："山徙者，人君不用道士，贤者不兴。或禄去公室，赏罚不由君，私门成群，不救，当为易世变号。"

说曰："善言天者，必质于人；善言人者，必本于天。故天有四时，日月相推，寒暑迭代。其转运也，和而为雨，怒而为风，散而为露，乱而为雾，凝而为霜雪，立而为蚳蝱，此天之常数也。人有四肢五脏，一觉一寐，呼吸吐纳，精气往来，流而为荣卫②，彰而为气色，发而为声音，此亦人之常数也。若四时失运，寒暑乖违，则五纬③盈缩，星辰错行。日月薄蚀，彗孛④流飞，此天地之危诊也；寒暑不时，此天地之蒸否也；石立土踊，此天地之瘤赘⑤也；山崩地陷，此天地之痈疽⑥也；冲风暴雨，此天地之奔气也；雨泽不降，川渎涸竭，此天地之焦枯也。"

【注释】

①不极：不正。

②荣卫：中医学术语。荣指血液循环，卫指气的流动。

③五纬：指金星、木星、水星、火星、土星。

④彗孛（bèi）：彗星和孛星。孛星，古书上指光芒四射的彗星。古人认为彗星出现是灾祸和战争的征兆。

⑤瘤赘：赘肉肿瘤。此处喻灾祸。

⑥痈疽（jū）：恶疮。此处喻祸患。

龟毛兔角

商纣之时，大龟生毛，兔生角，兵甲将兴之象也。

幽王生 马化狐

周宣王三十三年，幽王生，是岁有马化为狐。

郑人化蜮

晋献公二年，周惠王居于郑。郑人入王府，多脱化为蜮①，射人。

【注释】

①蜮（yù）：传说中一种能含沙射人的怪物。

地暴长

周隐王二年四月，齐地暴长，长丈余，高一尺五寸。京房《易妖》曰："地四时暴长，占春夏多吉，秋冬多凶。"历阳之郡，一夕沦入地中而为水泽，今麻湖是也。不知何时。《运斗枢》曰："邑之沦，阴吞阳，下相屠焉。"

妇人生四十子

周哀王八年，郑有一妇人，生四十子。其二十人为人，二十人死。其九年，晋有豕生人。吴赤乌七年，有妇人一生三子。

产龙

周烈王六年，林碧阳君之御人产二龙。

近豕之祸

鲁庄公八年，齐襄公田于贝丘，见豕，从者曰："公子彭生也。"公怒，射之，豕人立而啼。公惧，坠车伤足，丧屦①。刘向以为近豕祸也。

【注释】

①屦（jù）：鞋。

蛇斗南门

鲁庄公时，有内蛇与外蛇斗郑南门中，内蛇死。刘向以为近蛇孽也。京房《易传》曰："立嗣子疑，厥妖蛇居国门斗。"

龙斗洧渊

鲁昭公十九年，龙斗于郑时门之外洧渊。刘向以为近龙孽也。京房《易传》曰："众心不安，厥妖龙斗其邑中也。"

九蛇绕柱

鲁定公元年，有九蛇绕柱。占以为九世庙不祀，乃立炀宫。

马生人

秦孝公二十一年，有马生人。昭王二十年，牡马生子而死。刘向以为皆马祸也。京房《易传》曰："方伯分威，厥妖牡马生子。上无天子，诸侯相伐，厥妖马生人。"

女子化为丈夫

魏襄王十三年，有女子化为丈夫，与妻，生子。京房《易传》曰："女子化为丈夫，兹谓阴昌，贱人为王；丈夫化为女子，兹谓阴胜阳，厥咎亡。"一曰："男化为女，宫刑滥；女化为男，妇政行也。"

牛生五足

秦孝文王五年，游朐衍，有献五足牛。时秦世大用民力，天下叛之。京房《易传》曰："兴徭役，夺民时，厥妖牛生五足。"

临洮巨人

秦始皇二十六年，有大人，长五丈，足履六尺，皆夷狄服。凡十二人，见于临洮。乃作金人十二以象之。

井中见龙

汉惠帝二年正月癸酉旦，有两龙见于兰陵廷东里温陵井中，至乙亥夜去。京房《易传》曰："有德遭害，厥妖龙见井中。"又曰："行刑暴恶，黑龙从井出。"

马生角

汉文帝十二年，吴地有马生角，在耳前，上向。右角长三寸，左角长二寸，皆大二寸。刘向以为马不当生角，犹吴不当举兵向上也，吴将反之变云。京房《易传》曰："臣易上，政不顺，厥妖马生角。兹谓贤士不足。"又曰："天子亲伐，马生角。"

狗生角

文帝后元五年六月，齐雍城门外有狗生角。京房《易传》曰："执政失，下将害之，厥妖狗生角。"

人生角

汉景帝元年九月，胶东下密人年七十余，生角，角有毛。京房《易传》曰："冢宰专政，厥妖人生角。"《五行志》以为人不当生角，犹诸侯不敢举兵以向京师也。其后遂有七国之难。至晋武帝泰始五年，元城人年七十，生角，殆赵王伦篡乱之应也。

狗与彘交

汉景帝三年，邯郸有狗与彘交。是时赵王悖乱，遂与六国反，外结匈奴以为援。《五行志》以为犬兵革失众之占，豕北方匈奴之象。逆言失听，交于异类，以生害也。京房《易传》曰："夫妇不严，厥妖狗与豕交，兹谓反德，国有兵革。"

白颈乌与黑乌群斗

景帝三年十一月，有白颈乌与黑乌群斗楚国吕县。白颈不胜，堕泗水中，死者数千。刘向以为近白黑祥也。时楚王戊暴逆无道，刑辱申公，与吴谋反。乌群斗者，师战之象也。白颈者小，明小者败也。堕于水者，将死水地。王戊不悟，遂举兵应吴，与汉大战，兵败而走，至于丹徒，为越人所斩，堕泗水之效也。京房《易传》曰："逆亲亲，厥妖白黑乌斗于国中。"燕王旦之谋反也，又有一乌一鹊，斗于燕宫中池上，乌堕池死。《五行志》以为楚、燕皆骨肉藩臣，骄恣而谋不义，俱有乌鹊斗死之祥。行同而占合，此天人之明表也。燕阴谋未发，独王自杀于宫，故一乌而水色者死；楚炕阳举兵，军师大败于野，故乌众而金色者死。天道精微之效也。京房《易传》曰："颛征劫杀，厥妖乌鹊斗。"

牛足出背面上

景帝中六年，梁孝王田北山，有献牛足上出背上者。刘向以为近牛祸，内则思虑霿乱[1]，外则土功过制，故牛祸作。足而出于背，下奸上之象也。

【注释】

①霿（méng）乱：黑暗纷乱。

郭外蛇斗邑中蛇

汉武帝太始四年七月，赵有蛇从郭外入，与邑中蛇斗孝文庙下，邑中蛇死。后二年秋，有卫太子事，自赵人江充起。

黄鼠衔尾舞端门

汉昭帝元凤元年九月，燕有黄鼠衔其尾，舞王宫端门中。王往视之，鼠舞如故。王使吏以酒脯祠，鼠舞不休。一日一夜死。时燕王旦谋反，将死之象也。京房《易传》曰："诛不原情，厥妖鼠舞门。"

泰山石自立

昭帝元凤三年正月，泰山莱芜山南，汹汹有数千人声。民往视之，有大石自立，高丈五尺，大四十八围，入地深八尺，三石为足。石立后，有白乌数千集其旁。宣帝中兴之瑞也。

虫食叶成文

昭帝时，上林苑中大柳树断，仆地。一朝起立，生枝叶。有虫食其叶，成文字，曰："公孙病已立。"

狗冠

昭帝时，昌邑王贺见大白狗冠方山冠而无尾。至熹平中，省内冠狗带绶，以为笑乐。有一狗突出，走入司空府门，或见之者，莫不惊怪。京房《易传》曰："君不正，臣欲篡，厥妖狗冠出朝门。"

雌鸡化为雄

汉宣帝黄龙元年，未央殿辂𨍏中雌鸡化为雄，毛衣变化，而不鸣不将，无距。元帝初元元年，丞相府史家雌鸡伏子，渐化为雄，冠距鸣将。至永光中，有献雄鸡生角者。《五行志》以为王氏之应。京房《易传》曰："贤者居明夷之世，知时而伤，或众在位，厥妖鸡生角。"又曰："妇人专政，国不静；牝鸡雄鸣，主不荣。"

范延寿断案

宣帝之世，燕、岱之间有三男共取一妇，生四子。及至将分，妻子而不可均，乃致争讼。廷尉范延寿断之曰："此非人类，当以禽兽，从母不从父也。请戮三男，以儿还母。"宣帝嗟叹曰："事何必古？若此，则可谓当于理而厌人情也！"延寿盖见人事而知用刑矣，未知论人妖将来之验也。

天雨草

汉元帝永光二年八月，天雨①草，而叶相樛结②，大如弹丸。至平帝元始三年正月，天雨草，状如永光时。京房《易传》曰："君吝于禄，信衰贤去，厥妖天雨草。"

【注释】

①雨（yù）：动词，下雨。

②樛（jiū）结：纠结。

断树复立

元帝建昭五年，兖州刺史浩赏禁民私所自立社。山阳橐茅乡社有大槐树，吏伐断之。其夜，树复立故处。说曰："凡枯断复起，皆废而复兴之象也。是世祖之应耳。"

鼠筑巢树上

汉成帝建始四年九月，长安城南有鼠衔黄藁①、柏叶，上民冢柏及榆树上为巢，桐柏为多。巢中无子，皆有干鼠矢数升。时议臣以为恐有水灾。鼠，盗窃小虫，夜出昼匿。今正昼去穴而登木，象贱人将居贵显之占。桐柏，卫思后园所在也。其后赵后自微贱登至尊，与卫后同类，赵后终无子而为害。明年，有鸢焚巢杀子之象云。京房《易传》曰："臣私禄罔干，厥妖鼠巢。"

【注释】

①黄藁（gǎo）：多年生草本植物，其根可入药。

犬祸

成帝河平元年，长安男子石良、刘音相与同居。有如人状在其室中，击之，为狗，走出。去后，有数人披甲持弓弩至良家。良等格击，或死或伤，皆狗也。自二月至六月乃止。其于《洪范》，皆犬祸，言不从之咎也。

𩥉焚其巢

成帝河平元年二月庚子，泰山山桑谷有𩥉①焚其巢。男子孙通等闻山中群鸟𩥉鹊声，往视之，见巢燃，尽堕池中，有三𩥉鷇②烧死。树大四围，巢去地五丈五尺。《易》曰："鸟焚其巢，旅人先笑，后号咷。"后卒成易世之祸云。

【注释】

①𩥉：也写作"鸢"，即老鹰。
②鷇（kòu）：初生的幼鸟。

海出大鱼

成帝鸿嘉四年秋，雨鱼于信都，长五寸以下。至永始元年春，北海出大鱼，长六丈，高一丈，四枚。哀帝建平三年，东莱平度出大鱼，长八丈，高一丈一尺，七枚，皆死。灵帝熹平二年，东莱海出大鱼二枚，长八九丈，高二丈余。京房《易传》曰："海数见巨鱼，邪人进，贤人疏。"

木生人形

成帝永始元年二月，河南街邮樗树生枝如人头，眉目须皆具，亡发耳。至哀帝建平三年十月，汝南西平遂阳乡有材仆地，生枝如人形，身青黄色，面白，头有髭发，稍长大，凡长六寸一分。京房《易传》曰："王德衰，下人将起，则有木生为人状。"其后有王莽之篡。

马生角

成帝绥和二年二月，大厩马生角，在左耳前，围长各二寸。是时王莽为大司马，害上之萌，自此始矣。

燕生雀

成帝绥和二年三月，天水平襄有燕生雀，哺食至大，俱飞去。京房《易传》曰："贼臣在国，厥咎燕生雀，诸侯销。"又曰："生非其类，子不嗣世。"

马生三足驹

汉哀帝建平三年，定襄有牝马生驹，三足，随群饮食。《五行志》以为马国之武用，三足，不任用之象也。

木仆反立

哀帝建平三年，零陵有树僵地，围一丈六尺，长十丈七尺。民断其本，长九尺余，皆枯。三月，树卒自立故处。京房《易传》曰："弃正作淫，厥妖木断自属。妃后有颛，木仆反立，断枯复生。"

儿啼腹中

哀帝建平四年四月，山阳方与女子田无啬生子。未生二月前，儿啼腹中，及生，不举，葬之陌上。后三日，有人过，闻儿啼声，母因掘，收养之。

西王母传书

哀帝建平四年夏，京师郡国民聚会里巷阡陌，设张博具歌舞，祠西王母。又传书曰："母告百姓，佩此书者不死。不信我言，视门枢下，当有白发。"至秋乃止。

男化女之谶

哀帝建平中，豫章有男子化为女子，嫁为人妇，生一子。长安陈凤曰："阳变为阴，将亡继嗣，自相生之象"。一曰："嫁为人妇，生一子者，将复一世乃绝。"故后哀帝崩，平帝没，而王莽篡焉。

人死复生

汉平帝元始元年二月，朔方广牧女子赵春病死，既棺殓，积七日，出在棺外。自言见夫死父，曰："年二十七，汝不当死。"太守谭①以闻。说曰："至阴为阳，下人为上。厥妖人死复生。"其后王莽篡位。

【注释】

①谭：通"谈"。

生儿两头

汉平帝元始元年六月，长安有女子生儿，两头两颈，面俱相向，四臂共胸，俱前向，尻①上有目，长二寸所。京房《易传》曰："'睽孤②，见豕负途。'厥妖人生两头。下相攘善，妖亦同。人若六畜首目在下，兹谓亡上，政将变更。厥妖之作，以谴失正，各象其类。两颈，下不一也；手多，所任邪也；足少，下不胜任，或不任下也。凡下体生于上，不敬也；上体生于下，媟渎③也。生非其类，淫乱也；人生而大，上速成也；生而能言，好虚也。群妖推此类。不改，乃成凶也。"

【注释】

①尻（kāo）：古书上指臀部。

②睽（kuí）孤：离家的孤子。

③媟（xiè）渎：轻慢。

乌生子三足

汉章帝元和元年，代郡高柳乌生子，三足，大如鸡，色赤，头有角，长寸余。

德阳殿见大蛇

汉桓帝即位，有大蛇见德阳殿上。洛阳市令淳于翼曰：
"蛇有鳞，甲兵之象也。见于省中，将有椒房大臣受甲兵之
象也。"乃弃官遁去。到延熹二年，诛大将军梁冀，捕治家
属，扬兵京师也。

雨肉

汉桓帝建和三年秋七月，北地廉雨肉，似羊肋，或大如
手。是时梁太后摄政，梁冀专权，擅杀诛太尉李固、杜乔，
天下冤之。其后，梁氏诛灭。

梁冀妻之谶

汉桓帝元嘉中，京都妇女作愁眉、啼妆、堕马髻、折腰
步、龋齿笑。愁眉者，细而曲折。啼妆者，薄拭目下，若啼
处。堕马髻者，作一边。折腰步者，足不任体。龋齿笑者，
若齿痛，乐不欣欣。始自大将军梁冀妻孙寿所为，京都翕
然①，诸夏效之。天戒若曰："兵马将往收捕，妇女忧愁，踧
眉②啼哭，吏卒擎顿，折其腰脊，令髻邪倾。虽强语笑，无
复气味也。"到延熹二年，冀举宗合诛。

【注释】

①翕（xī）然：一致。

②蹴（cù）眉：皱眉。

牛生鸡

桓帝延熹五年，临沅县有牛生鸡，两头四足。

赤厄三七

汉灵帝数游戏于西园中，令后宫采女为客舍主人，身为估服，行至舍间，采女下酒食，因共饮食，以为戏乐。是天子将欲失位，降在皂隶之谣也。其后天下大乱。古志有曰："赤厄①三七。"三七者，经二百一十载，当有外戚之篡，丹眉之妖。篡盗短祚②，极于三六，当有飞龙之秀，兴复祖宗。又历三七，当复有黄首之妖，天下大乱矣。自高祖建业，至于平帝之末，二百一十年而王莽篡，盖因母后之亲。十八年而山东贼樊子都等起，实丹其眉，故天下号曰"赤眉"。于是光武以兴祚，其名曰秀。至于灵帝中平元年而张角起，置三十六方，徒众数十万，皆是黄巾，故天下号曰"黄巾贼"。至今道服由此而兴。初起于邺，会于真定，诳感百姓曰："苍天已死，黄天立。岁名甲子年，天下大吉。"起于邺者，天下始业也，会于真定也。小民相向跪拜趋信，荆、扬尤甚。乃弃财产，流沉道路，死者无数。角等初以二月起兵，其冬十二月悉破。自光武中兴，至黄巾之起，未盈二百一十年，而天下大乱，汉祚废绝，实应三七之运。

①赤厄：指汉朝的厄运。汉为火德，尚红。火色为赤，故称。

②短祚（zuò）：皇帝在位的时间短。

长短之服

灵帝建宁中，男子之衣，好为长服，而下甚短。女子好为长裙，而上甚短。是阳无下而阴无上，天下未欲平也。后遂大乱。

夫妇相食

灵帝建宁三年春，河内有妇食夫，河南有夫食妇。夫妇阴阳二仪，有情之深者也。今反相食，阴阳相侵，岂特日月之眚①哉！灵帝既没，天下大乱。君有妄诛之暴，臣有劫弑之逆，兵革相残，骨肉为仇，生民之祸极矣，故人妖为之先作。恨而不遭辛有、屠乘之论，以测其情也。

【注释】

①眚（shěng）：此处是日月蚀，代指灾祸。

虎贲寺壁黄人

灵帝熹平二年六月，洛阳民讹言：虎贲寺东壁中有黄人，形容须眉良是。观者数万，省内悉出，道路断绝。到中平元年二月，张角兄弟起兵冀州，自号"黄天"，三十六方，四面出和，将帅星布，吏士外属。因其疲馁^①，牵而胜之。

【注释】

①馁（něi）：同"馁"。饥饿。

木不曲直

灵帝熹平三年，右校别作中有两樗树^①，皆高四尺许。其一株宿昔^②暴长，长一丈余，粗大一围，作胡人状，头目鬓须发俱具。其五年十月壬午，正殿侧有槐树，皆六七围，自拔倒竖，根上枝下。又中平中，长安城西北六七里空树中，有人面，生鬓。其于《洪范》，皆为木不曲直。

【注释】

①樗（chū）树：臭椿。

②宿昔：旦夕之间。比喻时间很短。

雌鸡欲化雄

灵帝光和元年，南宫侍中寺雌鸡欲化为雄，一身毛皆似雄，但头冠尚未变。

女生两头儿

灵帝光和二年，洛阳上西门外女子生儿，两头，异肩共胸，俱前向，以为不祥，堕地弃之。自是之后，朝廷霜乱，政在私门，上下无别，二头之象。后董卓戮太后，被以不孝之名放废天子，后复害之。汉元以来，祸莫逾此。

梁伯夏后

光和四年，南宫中黄门寺有一男子，长九尺，服白衣。中黄门解步呵问："汝何等人？白衣妄入宫掖。"曰："我，梁伯夏后。天使我为天子。"步欲前收之，因忽不见。

草生人形

光和七年，陈留济阳、长垣，济阴，东郡，宛句、离狐界中，路边生草，悉作人状，操持兵弩，牛马龙蛇鸟兽之形，白黑各如其色，羽毛、头目、足翅皆备，非但仿佛[①]，像之尤纯。旧说曰："近草妖也。"是岁有黄巾贼起，汉遂微弱。

【注释】

①仿佛：相似。

生男两头共身

灵帝中平元年六月壬申，洛阳男子刘仓居上西门外，妻生男，两头共身。至建安中，女子生男，亦两头共身。

怀陵雀相杀

中平三年八月中，怀陵上有万余雀，先极悲鸣，已，因乱斗相杀，皆断头，悬着树枝枳棘。到六年，灵帝崩。夫陵者，高大之象也。雀者，爵也。天戒若曰："诸怀爵禄而尊厚者，还自相害，至灭亡也。"

魁𣜶挽歌

汉时，京师宾婚嘉会，皆作魁𣜶[1]，酒酣之后，续以挽歌。魁𣜶，丧家之乐；挽歌，执绋[2]相偶和之者。天戒若曰："国家当急殄悴[3]，诸贵乐皆死亡也。"自灵帝崩后，京师坏灭，户有兼尸虫而相食者。魁𣜶、挽歌，斯之效乎？

【注释】

①魁𣜶：傀儡，由丧乐演变成的木偶戏。

②绋（rú）：指牵引灵柩的大绳。

③殄悴（cuì）：亦作"殄瘁"。困苦。

京师谣言

灵帝之末，京师谣言曰："侯非侯，王非王，千乘万骑上北邙。"到中平六年，史侯登蹑至尊，献帝未有爵号，为中常侍段珪等所执。公卿百僚，皆随其后，到河上，乃得还。

桓氏复生

汉献帝初平中，长沙有人姓桓氏，死。棺敛月余，其母闻棺中有声，发之，遂生。占曰："至阴为阳，下人为上。"其后曹公由庶士起。

男人化女

献帝建安七年，越巂有男子化为女子，时周群上言："哀帝时亦有此变，将有易代之事。"至二十五年，献帝封山阳公。

荆州童谣与华容女子

建安初，荆州童谣曰："八九年间始欲衰，至十三年无子遗。"言自中兴以来，荆州独全，及刘表为牧，民又丰乐，至建安九年当始衰。始衰者，谓刘表妻死，诸将并零落也。十三年无子遗者，表又当死，因以丧败也。是时，华容有女子忽啼呼曰："将有大丧。"言语过差，县以为妖言，系狱。月余，忽于狱中哭曰："刘荆州今日死。"华容去州数百里，即遣马吏验视，而刘表果死，县乃出之。续又歌吟曰："不意李立为贵人。"后无几，曹公平荆州，以涿郡李立字建贤，为荆州刺史。

树出血

建安二十五年正月，魏武在洛阳起建始殿，伐濯龙树而血出。又掘徙梨，根伤而血出。魏武恶之，遂寝疾，是月崩。是岁为魏文帝黄初元年。

鹰生燕巢

魏黄初元年，未央宫中有鹰生燕巢中，口爪俱赤。至青龙中，明帝为凌霄阁，始搆①，有鹊巢其上。帝以问高堂隆，对曰："《诗》云：'惟鹊有巢，惟鸠居之。'今兴起宫室，而鹊来巢，此宫室未成，身不得居之象也。"

【注释】

①搆：建造房屋。

白马河妖马

魏齐王嘉平初，白马河出妖马，夜过官牧边鸣呼，众马皆应。明日，见其迹大如斛，行数里，还入河。

燕生异象

魏景初元年，有燕生巨觳于卫国李盖家，形若鹰，吻似燕。高堂隆曰："此魏室之大异，宜防鹰扬之臣于萧墙之内。"其后宣帝起，诛曹爽，遂有魏室。

谯周书柱

蜀景耀五年，宫中大树无故自折。谯周深忧之，无所与言，乃书柱曰："众而大，期之会；具而授，若何复。"言曹者，众也；魏者，大也。众而大，天下其当会也。具而授，如何复有立者乎？蜀既亡，咸以周言为验。

孙权死之征

吴孙权太元元年八月朔，大风。江海涌溢，平地水深八尺。拔高陵树二千株，石碑差动，吴城两门飞落。明年，权死。

草妖

吴孙亮五凤元年六月，交阯稗草化为稻。昔三苗将亡，五谷变种，此草妖也。其后亮废。

孙皓复位之应

吴孙亮五凤二年五月，阳羡县离里山大石自立。是时，孙皓承废故之家，得复其位之应也。

陈焦复生

吴孙休永安四年，安吴民陈焦死七日复生，穿冢出。乌程侯孙皓承废故之家，得位之祥也。

孙休服制

孙休后，衣服之制，上长下短。又积领五六，而裳居一二。盖上饶奢，下俭逼；上有余，下不足之象也。

卷七

开石文字

初，汉元、成之世，先识之士有言曰："魏年有和，当有开石于西三千余里，系五马，文曰'大讨曹'。"及魏之初兴也，张掖之柳谷有开石焉。始见于建安，形成于黄初，文备于太和。周围七寻，中高一仞，苍质素章，龙马、麟鹿、凤皇、仙人之象，粲然咸著。此一事者，魏、晋代兴之符也。至晋泰始三年，张掖太守焦胜上言："以留郡本国图校今石文，文字多少不同，谨具图上。"按其文有五马象：其一有人平上帻①，执戟而乘之；其一有若马形而不成。其字有"金"，有"中"，有"大司马"，有"王"，有"大吉"，有"正"，有"开寿"。其一成行，曰"金当取之"。

【注释】

①帻（zé）：古代包发髻的头巾。

晋之祸征

晋武帝泰始初，衣服上俭下丰，着衣者皆厌腰。此君衰弱、臣放纵之象也。至元康末，妇人出两裆，加乎交领之上，此内出外也。为车乘者，苟贵轻细，又数变易其形，皆以白篾为纯①，盖古丧车之遗象。晋之祸征也。

【注释】

①纯（zhǔn）：镶边。

戎翟侵中国兆

胡床、貊槃①，翟②之器也；羌煮、貊炙，翟之食也。自太始以来，中国尚之。贵人富室，必畜其器。吉享嘉宾，皆以为先。戎、翟侵中国之前兆也。

【注释】

①貊槃：古代北方少数民族貊族的餐具。
②翟：通"狄"。秦汉以后泛称北方的少数民族为狄。

蝘蚑化鼠

晋太康四年，会稽郡蝘蚑及蟹皆化为鼠。其众覆野。大食稻为灾。始成，有毛肉而无骨，其行不能过田塍。数日之后，则皆为牝。

二龙现武库井

太康五年正月，二龙见武库井中。武库者，帝王威御之器所宝藏也，屋宇邃密，非龙所处。是后七年，藩王相害。

二十八年，果有二胡僭窃神器，勒、虎二逆，皆字曰"龙"。

南阳获两足虎

晋武帝太康六年，南阳获两足虎。虎者，阴精而居乎阳，金兽也。南阳，火名也。金精入火而失其形，王室乱之妖也。其七年十一月，四角兽见于河间。天戒若曰："角，兵象也；四者，四方之象。当有兵革起于四方。"后河间王遂连四方之兵，作为乱阶。

死牛头

太康九年，幽州塞北有死牛头语。时帝多疾病，深以后事为念，而付托不以至公，思瞀乱①之应也。

【注释】

①瞀（mào）乱：昏乱。

武库现鲤鱼

太康中，有鲤鱼二枚现武库屋上。武库兵府，鱼有鳞甲，亦是兵之类也。鱼既极阴，屋上太阳，鱼现屋上，象至阴以兵革之祸干太阳也。及惠帝初，诛皇后父杨骏，矢交宫阙，废后为庶人，死于幽宫。元康之末，而贾后专制，谤杀太子，寻亦诛废。十年之间，母后之难再兴，是其应也。自是祸乱构矣。京房《易妖》曰："鱼去水，飞入道路，兵且作。"

方头屐

初作屐者，妇人圆头，男子方头，盖作意欲别男女也。至太康中，妇人皆方头屐，与男无异，此贾后专妒之征也。

撷子髻

晋时妇人结发者，既成，以缯急束其环，名曰撷子髻。始自宫中，天下翕然化之也。其末年，遂有怀、惠之事。

《晋世宁》之舞

太康中，天下为《晋世宁》之舞。其舞，抑手以执杯盘而反覆之，歌曰："晋世宁，舞杯盘。"反覆，至危也。杯盘，酒器也。而名曰"晋世宁"者，言时人苟且饮食之间，而其智不可及远，如器在手也。

胡制入中国

太康中，天下以毡为绲头①及络带、袴口。于是百姓咸相戏曰："中国其必为胡所破也。"夫毡，胡之所产者也，而天下以为绐头、带身、裤口。胡既三制之矣，能无败乎？

【注释】

①绐（mò）头：古代男子束发用的头巾。

《折杨柳》之歌

太康末，京洛为《折杨柳》之歌，其曲始有兵革苦辛之辞，终以擒获斩截之事。自后杨骏被诛，太后幽死，杨柳之应也。

辽东马生角

晋武帝太熙元年，辽东有马生角，在两耳下，长三寸。及帝晏驾①，王室毒于兵祸。

【注释】

①晏驾：代指帝王死亡。

妇人饰兵器

晋惠帝元康中，妇人之饰有五佩兵。又以金、银、象角、玳瑁之属，为斧、钺、戈、戟而载之，以当笄。男女之别，国之大节，故服食异等。今妇人而以兵器为饰，盖妖之甚者也。于是遂有贾后之事。

六钟出涕

晋元康三年闰二月，殿前六钟皆出涕，五刻乃止。前年贾后杀杨太后于金墉城，而贾后为恶不悛，故钟出涕，犹伤之也。

双性人

惠帝之世，京洛有人，一身而男女二体，亦能两用人道，而性尤好淫。天下兵乱，由男女气乱，而妖形作也。

安丰女子

惠帝元康中，安丰有女子曰周世宁，年八岁，渐化为男。至十七八，而气性成。女体化而不尽，男体成而不彻，畜妻而无子。

临淄大蛇

元康五年三月，临淄有大蛇，长十许丈，负二小蛇，入城北门，径从市入汉阳城景王祠中，不见。

吕县流血

元康五年三月，吕县有流血，东西百余步。其后八载，而封云乱徐州，杀伤数万人。

天怒贾后

元康七年，霹雳破城南高禖石。高禖①，宫中求子祠也。贾后妒忌，将杀怀、愍，故天怒贾后，将诛之应也。

【注释】

①高禖（méi）：媒神。

柱掞之应

元康中，天下始相效为乌杖以柱掞。其后稍施其镦①，住则植之。及怀、愍之世，王室多故，而中都丧败。元帝以藩臣树德东方，维持天下，柱掞之应也。

【注释】

①镦（duì）：矛戟柄末的平底金属套。

贵游子弟散发倮身

元康中，贵游子弟相与为散发倮身①之饮，对弄婢妾。逆之者伤好，非之者负讥，希世之士，耻不与焉。胡、狄侵中国之萌也。其后遂有二胡之乱。

【注释】

①倮（luǒ）身：赤身。

夏架湖石登岸

惠帝太安元年，丹阳湖熟县夏架湖，有大石浮二百步而登岸。百姓惊叹，相告曰："石来！"寻而石冰入建邺。

贱人入禁庭

太安元年四月，有人自云龙门入殿前，北面再拜曰："我当作中书监。"即收斩之。禁庭尊秘之处，今贱人竟入，而门卫不觉者，宫室将虚，下人逾上之妖也。是后帝迁长安，宫阙遂空焉。

牛能言

太安中，江夏功曹张骋所乘牛忽言曰："天下方乱，吾甚极焉，乘我何之？"骋及从者数人皆惊怖，因绐①之曰："令汝还，勿复言。"乃中道还。至家，未释驾，又言曰："归何早也？"骋益忧惧，秘而不言。安陆县有善卜者，骋从之卜。卜者曰："大凶。非一家之祸，天下将有兵起。一郡之内，皆破亡乎！"骋还家，牛又人立而行，百姓聚观。其秋，张昌贼起，先略江夏，逛曜②百姓，以汉祚复兴，有凤皇之瑞，圣人当世。从军者皆绛抹头，以彰火德火祥。百姓波荡，从乱如归。骋兄弟并为将军都尉，未几而败。于是一郡破残，死伤过半，而骋家族矣。京房《易妖》曰："牛能言，如其言，占吉凶。"

【注释】

①绐（dài）：欺哄。

②诳曜（yào）：欺骗迷惑。

败屦聚于道

元康、太安之间，江淮之域有败屦①自聚于道，多者至四五十量。人或散去之，投林草中，明日视之，悉复如故。或云见狸衔而聚之。世之所说："屦者，人之贱服，而当劳辱，下民之象也。败者，疲弊之象也。道者，地理四方所以交通，王命所由往来也。今败屦聚于道者，象下民疲病，将相聚为乱，绝四方而壅王命也。"

【注释】

①败屦（juē）：破烂的草鞋。

戟锋现火光

晋惠帝永兴元年，成都王之攻长沙也，反军于邺，内外陈兵。是夜，戟锋皆有火光，遥望如悬烛，就视则亡焉。其后终以败亡。

万详婢生怪物

晋怀帝永嘉元年，吴郡吴县万详婢生一子，鸟头，两足马蹄，一手无毛，尾黄色，大如碗。

严根婢生异物

永嘉五年，抱罕令严根婢，产一龙、一女、一鹅。京房《易传》曰："人生他物，非人所见者，皆为天下大兵。"时帝承惠帝之后，四海沸腾，寻而陷于平阳，为逆胡所害。

狗作人言

永嘉五年，吴郡嘉兴张林家有狗，忽作人言云："天下人俱饿死"于是果有二胡之乱，天下饥荒焉。

鼹鼠出延陵

永嘉五年十一月，有鼹鼠①出延陵，郭璞筮之，遇"临"之"益"，曰："此郡之东县，当有妖人欲称制者，寻亦自死矣。"

【注释】

①鼹（yǎn）鼠：鼹鼠。

妖树生 徐馥乱

永嘉六年正月，无锡县欻有四枝茱萸树相樛而生，状若连理。先是，郭璞筮延陵蝘鼠，遇"临"之"益"，曰："后当复有妖树生，若瑞而非，辛螫①之木也。倘有此，东西数百里必有作逆者。"及此生木，其后吴兴徐馥作乱，杀太守袁琇。

【注释】

①辛螫：辛辣毒害。

豕生人

永嘉中，寿春城内有豕生人，两头，而不活。周馥取而观之。识者云："豕，北方畜，胡、狄象。两头者，无上也。生而死，不遂也。天戒若曰：'易生专利之谋，将自致倾覆也。'"俄为元帝所败。

服生笺单衣

永嘉中，士大夫竞服生笺单衣。识者怪之，曰："此古缞衰①之布，诸侯所以服天子也。今无故服之，殆有应乎？"其后怀、愍晏驾。

【注释】

①缞衰（suì cuī）：古代指五月之丧服。

颜帢束发

昔魏武军中，无故作白帢①，此缟素②凶丧之征也。初，横缝其前以别后，名之曰"颜帢"，传行之。至永嘉之间，稍去其缝，名"无颜帢"。而妇人束发，其缓弥甚，纷③之坚不能自立，发被于额，目出而已。无颜者，愧之言也。覆额者，惭之貌也。其缓弥甚者，言天下亡礼与义，放纵情性，及其终极，至于大耻也。其后二年，永嘉之乱，四海分崩，下人悲难，无颜以生焉。

【注释】

①帢（qià）：便帽。

②缟（gǎo）素：白色的丧服。

③纷（jì）：束发。

胡氏产连体二女

晋愍帝建兴四年，西都倾覆，元皇帝始为晋王，四海宅心①。其年十月二十二日，新蔡县吏任乔妻胡氏，年二十五，产二女，相向，腹心合，自胸以上，脐以下，各分。此盖天下未一之妖也。时内史吕会上言："按《瑞应图》云：'异根同体，谓之连理；异亩②同颖，谓之嘉禾。'草木之属，犹以为瑞，今二人同心，天垂灵象，故《易》云：'二人同心，其利断金。'休显见生于陕东之国，盖四海同心之瑞。不胜喜跃。谨画图上。"时有识者哂之。

君子曰："知之难也。以臧文仲之才，独祀爰居焉。布在方册，千载不忘。故士不可以不学。古人有言：'木无枝谓之瘣[3]，人不学谓之瞽。'当其所蔽，盖阙如也。可不勉乎！"

【注释】

①宅心：归心。

②亩：通"母"。本源。

③瘣（huì）：病。特指树木瘿肿，枝叶不荣。

淳于伯之冤

晋元帝建武元年六月，扬州大旱。十二月，河东地震。去年十二月，斩督运令史淳于伯，血逆流，上柱二丈三尺，旋复下流四尺五寸。是时淳于伯冤死，遂频旱三年。刑罚妄加，群阴不附，则阳气胜之。罚又冤气之应也。

牛生犊二首

晋元帝建武元年七月，晋陵东门有牛生犊，一体两头。京房《易传》曰："牛生子，二首一身，天下将分之象也。"

地震涌水

元帝太兴元年四月，西平地震，涌水出。十二月，庐陵、豫章、武昌、西陵地震，涌水出，山崩。此王敦陵上之应也。

牛生子两头八足

太兴元年三月，武昌太守王谅有牛生子，两头八足，两尾共一腹。不能自生，十余人以绳引之。子死，母活。其三年，后苑中有牛生子，一足三尾，生而即死。

马生二头驹

太兴二年，丹阳郡吏濮阳演马生驹，两头，自项前别，生而死。此政在私门，二头之象也。其后王敦陵上。

太兴女子

太兴初，有女子其阴在腹，当脐下。自中国来至江东。其性淫而不产。又有女子，阴在首，居在扬州，亦性好淫。京房《易妖》曰："人生子，阴在首，则天下大乱；若在腹，则天下有事；若在背，则天下无后。"

武昌火灾

太兴中，王敦镇武昌，武昌灾，火起。兴众救之，救于此而发于彼，东西南北数十处俱应，数日不绝。旧说所谓

"滥灾妄起，虽兴师不能救之"之谓也。此臣而行君，亢阳失节。是时王敦陵上，有无君之心，故灾也。

绛囊缚纷之兆

太兴中，兵士以绛囊缚纷。识者曰："纷在首为乾，君道也。囊者为坤，臣道也。今以朱囊缚纷，臣道侵君之象也。"为衣者，上带短，才至于掖；着帽者，又以带缚项：下逼上，上无地也。为袴者，直幅为口，无杀，下大之象也。寻而王敦谋逆，再攻京师。

仪仗生花

太兴四年，王敦在武昌，铃下仪仗生花，如莲花，五六日而萎落。说曰："《易》说：'枯杨生花，何可久也？'今狂花生枯木，又在铃阁之间，言威仪之富，荣华之盛，皆如狂花之发，不可久也。"其后王敦终以逆命，加戮其尸。

羽扇柄之预兆

旧为羽扇柄者，刻木象其骨形，列羽用十，取全数也。初，王敦南征，始改为长柄，下出可捉，而减其羽，用八。识者尤之曰："夫羽扇，翼之名也。创为长柄，将执其柄，以制其羽翼也；改十为八，将未备夺已备也。此殆敦之擅权，以制朝廷之柄，又将以无德之材，欲窃非据也。"

大蛇见 有兵忧

晋明帝太宁初，武昌有大蛇，常居故神祠空树中，每出头从人受食。京房《易传》曰："蛇见于邑，不出三年，有大兵，国有大忧。"寻有王敦之逆。

卷八

手握褒 致大祚

虞舜耕于历山，得玉历于河际之岩，舜知天命在己，体道不倦。舜，龙颜大口，手握褒。宋均注曰："握褒，手中有'褒'字，喻从劳苦，受褒饬，致大祚也。"

汤祈雨

汤既克夏，大旱七年，洛川竭。汤乃以身祷于桑林，剪其爪发，自以为牺牲，祈福于上帝。于是大雨即至，洽于四海。

猎得帝王师

吕望钓于渭阳。文王出游猎，占曰："今日猎得一兽，非龙非螭，非熊非罴，合得帝王师。"果得太公于渭之阳。与语，大悦，同车载而还。

武王止风波

武王伐纣，至河上。雨甚，疾雷晦冥。扬波于河。众甚惧，武王曰："余在，天下谁敢干余者！"风波立济。

孔子之梦

鲁哀公十四年，孔子夜梦三槐之间，丰、沛之邦，有赤氤气起，乃呼颜回、子夏同往观之。驱车到楚西北范氏街，见刍儿打麟，伤其左前足，束薪而覆之。孔子曰："儿来，汝姓为谁？"儿曰："吾姓为赤松，名时乔，字受纪。"孔子曰："汝岂有所见乎？"儿曰："吾所见一禽，如麕①，羊头，头上有角，其末有肉，方以是西走。"孔子曰："天下已有主也，为赤刘，陈、项为辅。五星入井，从岁星。"儿发薪下麟，示孔子，孔子趋而往，麟向孔子，蒙其耳，吐三卷图，广三寸，长八寸，每卷二十四字。其言赤刘当起，曰："周亡，赤气起，大耀兴，玄丘制命，帝卯金。"

【注释】

①麕（jūn）：同"麇"。古书上指獐子。

赤虹化玉

孔子修《春秋》，制《孝经》，既成，斋戒，向北辰而拜，告备于天。天乃洪郁①起白雾，摩地，赤虹自上而下，化为黄玉，长三尺，上有刻文。孔子跪受而读之，曰："宝文出，刘季握。卯金刀，在轸北。字禾子，天下服。"

【注释】

①洪郁：云雾大量积聚。

陈仓祠

秦穆公时，陈仓人掘地得物，若羊非羊，若猪非猪。牵以献穆公，道逢二童子。童子曰："此名为媪，常在地食死人脑。若欲杀之，以柏插其首。"媪曰："彼二童子名为陈宝，得雄者王，得雌者伯。"陈仓人舍媪，逐二童子，童子化为雉，飞入平林。陈仓人告穆公，穆公发徒大猎，果得其雌。又化为石，置之汧、渭之间。至文公时，为立祠名陈宝。其雄者飞至南阳，今南阳雉县是其地也。秦欲表其符，故以名县。每陈仓祠时，有赤光长十余丈，从雉县来，入陈仓祠中，有声殷殷如雄雉。其后光武起于南阳。

邢史子臣明天道

宋大夫邢史子臣明于天道。周敬王之三十七年，景公问曰："天道其何祥？"对曰："后五十年，五月丁亥，臣将死。死后五年，五月丁卯，吴将亡。亡后五年，君将终。终后四百年，邾王天下。"俄而皆如其言。所云"邾王天下"者，谓魏之兴也。邾，曹姓，魏亦曹姓，皆邾之后。其年数则错。未知邢史失其数耶？将年代久远，注记者传而有谬也？

荧惑星告三公归司马

吴以草创之国，信不坚固，边屯守将，皆质其妻子，名曰"保质"。童子少年，以类相与娱游者，日有十数。孙休永安二年三月，有一异儿，长四尺余，年可六七岁，衣青衣，忽来从群儿戏。诸儿莫之识也，皆问曰："尔谁家小儿，今日忽来？"答曰："见尔群戏乐，故来耳。"详而视之，眼有光芒，爚爚①外射。诸儿畏之，重问其故，儿乃答曰："尔恐我乎？我非人也，乃荧惑星②也。将有以告尔：三公归于司马。"诸儿大惊，或走告大人，大人驰往观之。儿曰："舍尔去乎！"耸身而跃，即以化矣。仰而视之，若曳一匹练以登天。大人来者，犹及见焉。飘飘渐高，有顷而没。时吴政峻急，莫敢宣也。后四年而蜀亡，六年而魏废，二十一年而吴平。是归于司马也。

【注释】

①爚（yuè）爚：光彩夺目的样子。

②荧惑星：古代指火星。

戴洋梦

都水马武举戴洋为都水令史。洋请急①还乡。将赴洛，梦神人谓之曰："洛中当败，人尽南渡。后五年，扬州必有天子。"洋信之，遂不去。既而皆如其梦。

【注释】

①请急：请假。

卷九

神光照社

后汉中兴初，汝南有应妪者，生四子而寡。见神光照社。妪见光，以问卜人。卜人曰："此天祥也，子孙其兴乎？"乃探得黄金。自是子孙宦学，并有才名。至场，七世通显。

冯绲封将

车骑将军巴郡冯绲，字鸿卿。初为议郎，发绶笥①，有二赤蛇，可长二尺，分南北走，大用忧怖。许季山孙宪，字宁方，得其先人秘要。绲请使卜。云："此吉祥也。君后三岁当为边将，东北四五千里，官以东为名。"后五年，从大将军南征。居无何，拜尚书郎、辽东太守、南征将军。

【注释】

①绶笥（sì）：存放印绶的箱子。

张颢得印

常山张颢为梁相。天新雨后，有鸟如山鹊，飞翔入市，忽然坠地。人争取之，化为圆石。颢椎破之，得一金印，文曰"忠孝侯印"。颢以上闻，藏之秘府。后议郎汝南樊衡夷上言："尧舜时旧有此官，今天降印，宜可复置。"颢后官至太尉。

张氏金钩

京兆长安有张氏，独处一室。有鸠自外入，止于床。张氏祝曰："鸠来，为我祸也，飞上承尘；为我福也，即入我怀。"鸠飞入怀。以手探之，则不知鸠之所在，而得一金钩，遂宝之。自是子孙渐富，资财万倍。蜀贾至长安，闻之，乃厚赂婢。婢窃钩与贾。张氏既失钩，渐渐衰耗。而蜀贾亦数罹穷厄，不为己利。或告之曰："天命也。不可力求。"于是赍钩以反张氏，张氏复昌。故关西称"张氏传钩"云。

何比干得策

汉征和三年三月，天大雨，何比干在家，日中，梦贵客车骑满门。觉以语妻。语未已，而门有老妪，可八十余，头白，求寄避雨。雨甚而衣不沾渍。雨止，送至门，乃谓比干曰："公有阴德，今天锡君策，以广公之子孙。"因出怀中符策，状如简，长九寸，凡九百九十枚，以授比干，曰："子孙佩印绶者，当如此算。"

魏舒奇遇

魏舒，字阳元，任城樊人也。少孤，尝诣野王，主人妻夜产，俄而闻车马之声，相问曰："男也？女也？"曰："男。""书之，十五以兵死。"复问："寝者为谁？"曰："魏公。"舒后十五载，诣主人，问所生儿何在。曰："因条桑^①，为斧伤而死。"舒自知当为公矣。

【注释】

①条桑：采桑。

贾谊作《鵩鸟赋》

贾谊为长沙王太傅，四月庚子日，有鵩鸟飞入其舍，止于坐隅，良久乃去。谊发书占之，曰："野鸟入室，主人将去。"谊忌之，故作《鵩鸟赋》，齐死生而等祸福，以致命定志焉。

群鹅雁恶兆

王莽居摄。东郡太守翟义知其将篡汉，谋举义兵。兄宣，教授，诸生满堂。群鹅雁数十在中庭，有狗从外入，啮之，皆死。惊救之，皆断头。狗走出门，求不知处。宣大恶之。数日，莽夷其三族。

公孙渊宅之怪

魏司马太傅懿平公孙渊，斩渊父子。先时，渊家数有怪，一犬着冠帻绛衣上屋，欻有一儿蒸死甑中。襄平北市生肉，长围各数尺，有头目口喙，无手足而动摇。占者曰："有形不成，有体无声，其国灭亡。"

诸葛恪征之死

吴诸葛恪征淮南归，将朝会之夜，精爽扰动，通夕不寐。严毕趋出，犬衔引其衣。恪曰："犬不欲我行耶！"出仍入坐，少顷复起，犬又衔衣，恪令从者逐之。及入，果被杀。其妻在室，语使婢曰："尔何故血臭？"婢曰："不也。"有顷，愈剧。又问婢曰："汝眼目瞻视，何以不常？"婢蹶然起跃，头至于栋，攘臂切齿而言曰："诸葛公乃为孙峻所杀。"于是大小知恪死矣，而吏兵寻至。

邓喜见人头食肉

吴戍将邓喜，杀猪祠神，治毕悬之。忽见一人头，往食肉。喜引弓射中之，咋咋作声，绕屋三日。后人白喜谋叛，合门被诛。

讨贾充

贾充伐吴时，常屯项城，军中忽失充所在。充帐下都督周勤时昼寝，梦见百余人录充，引入一径。勤惊觉，闻失充，乃出寻索。忽睹所梦之道，遂往求之。果见充。行至一府舍，侍卫甚盛，府公南面坐，声色甚厉，谓充曰："将乱吾家事者，必尔与荀勖。既惑吾子，又乱吾孙，间使任恺黜汝而不去，又使庾纯詈汝而不改。今吴寇当平，汝方表斩张华。汝之暗戆^①，皆此类也。若不悛慎^②，当旦夕加诛。"充因叩头流血。府公曰："汝所以延日月而名器若此者，是卫府之勋耳。终当使系嗣死于钟虡^③之间，大子毙于金酒之中，小子困于枯木之下。荀勖亦宜同，然其先德小浓，故在汝后。数世之外，国嗣亦替。"言毕命去。充忽然得还营，颜色憔悴，性理昏错，经日乃复。至后，谥死于钟下，贾后服金酒而死，贾午考竟，用大杖终。皆如所言。

【注释】

①暗戆（zhuàng）：愚直。
②悛（quān）慎：悔改戒慎。
③钟虡（jù）：悬挂乐钟的格架。

庾亮见厕中怪物

庾亮，字文康，鄢陵人，镇荆州。登厕，忽见厕中一物，如方相，两眼尽赤，身有光耀，渐渐从土中出。乃攘臂以拳击之，应手有声，缩入地，因而寝疾。术士戴洋曰："昔苏峻事，公于白石祠中祈福，许赛①其牛，从来未解②，故为此鬼所考。不可救也。"明年，亮果亡。

【注释】

①赛：祭祀酬神。

②解：祈神还原。

刘宠北征败象

东阳刘宠，字道弘，居于湖熟。每夜，门庭自有血数升，不知所从来，如此三四。后宠为折冲将军，见遣北征。将行，而炊饭尽变为虫。其家人蒸籹①，亦变为虫，其火愈猛，其虫愈壮。宠遂北征。军败于坛丘，为徐龛所杀。

【注释】

①籹（chǎo）：干粮，米、麦等炒熟后磨成的粉。

卷十

邓皇后梦

汉和熹邓皇后尝梦登梯以扪天，体荡荡正清滑，有若钟乳状。乃仰吸饮之。以讯诸占梦，言："尧梦攀天而上，汤梦及天舐之，斯皆圣王之前占也。吉不可言。"

孙坚夫人梦日月入怀

孙坚夫人吴氏，孕而梦月入怀，已而生策。及权在孕，又梦日入怀。以告坚曰："妾昔怀策，梦月入怀；今又梦日，何也？"坚曰："日月者，阴阳之精，极贵之象，吾子孙其兴乎！"

蔡茂禾三穗之梦

汉蔡茂，字子礼，河内怀人也。初在广汉，梦坐大殿，极上有禾三穗。茂取之，得其中穗，辄复失之。以问主簿郭贺，贺曰："大殿者，官府之形象也；极而有禾，人臣之上禄也；取中穗，是中台之象也。于字，'禾''失'为'秩'，虽曰失之，乃所以禄也。衮职①有阙，君其补之。"旬月而茂征焉。

①衮职：代指三公。

张车子

周擥啧者，贫而好道。夫妇夜耕，困息卧，梦天公过而哀之，敕外有以给与。司命按录籍云："此人相贫，限不过此，惟有张车子应赐钱千万。车子未生，请以借之。"天公曰："善。"曙觉，言之。于是夫妇戮力，昼夜治生，所为辄得，资至千万。先时有张妪者，尝往周家佣赁，野合有身。月满当孕，便遣出外，驻车屋下，产得儿。主人往视，哀其孤寒，作粥糜食之，问："当名汝儿作何？"妪曰："今在车屋下而生，梦天告之，名为车子。"周乃悟曰："吾昔梦从天换钱，外白以张车子钱贷我，必是子也。财当归之矣。"自是居日衰减。车子长大，富于周家。

卢汾梦入蚁穴

夏阳卢汾，字士济，梦入蚁穴，见堂宇三间，势甚危豁。题其额，曰"审雨堂"。

火浣污衫

吴选曹令史刘卓病笃，梦见一人，以白越单衫与之，言曰："汝着衫污，火烧便洁也。"卓觉，果有衫在侧，污辄火浣之。

刘雅梦青蜥蜴落腹

淮南书佐刘雅，梦见青蜥蜴从屋落其腹内，因苦腹痛病。

张奂妻之梦

后汉张奂为武威太守。其妻梦带奂印绶，登楼而歌。觉以告奂，奂令占之，曰："夫人方生男，后临此郡，命终此楼。"后生子猛，建安中，果为武威太守。杀刺史邯郸商。州兵围急，猛耻见擒，乃登楼自焚而死。

汉灵帝梦

汉灵帝梦见桓帝怒曰："宋皇后有何罪过，而听用邪孽，使绝其命？渤海王悝既已自贬，又受诛毙。今宋氏及悝，自诉于天，上帝震怒，罪在难救。"梦殊明察。帝既觉而恐，寻亦崩。

吕石梦死之期

吴时，嘉兴徐伯始病，使道士吕石安神座。石有弟子戴本、王思二人，居住海盐，伯始迎之以助。石昼卧，梦上天北斗门下，见外鞍马三匹，云："明日当以一迎石，一迎本，一迎思。"石梦觉，语本、思云："如此，死期至。可急还，与家别。"不卒事而去。伯始怪而留之。曰："惧不得见家也。"间一日，三人同时死。

谢奉郭伯猷同梦

会稽谢奉与永嘉太守郭伯猷善。谢忽梦郭与人于浙江上争樗蒲①钱，因为水神所责，堕水而死，己营理郭凶事。及觉，即往郭许②，共围棋。良久，谢云："卿知吾来意否？"因说所梦。郭闻之怅然云："吾昨夜亦梦与人争钱，如卿所梦，何期太的的③也！"须臾如厕，便倒气绝。谢为凶具④，一如其梦。

【注释】

①樗蒲：古代的一种博戏。

②许：处所。

③的的：明白。

④凶具：指棺木等丧葬用品。

徐泰之梦

嘉兴徐泰幼丧父母，叔父隗养之，甚于所生。隗病，泰营侍甚勤。是夜三更中，梦二人乘船持箱，上泰床头，发箱，出簿书示曰："汝叔应死。"泰即于梦中叩头祈请。良久，二人曰："汝县有同姓名人否？"泰思得，语二人云："有张翙，不姓徐。"二人云："亦可强逼。念汝能事叔父，当为汝活之。"遂不复见。泰觉，叔病乃差。

卷十一

熊渠子射石

楚熊渠子夜行，见寝石，以为伏虎，弯弓射之，没金铩羽。下视，知其石也，因复射之，矢摧无迹。汉世复有李广，为右北平太守，射虎得石，亦如之。刘向曰："诚之至也，而金石为之开，况于人乎？夫唱而不和，动而不随，中必有不全者也。夫不降席而匡天下者，求之己也。"

惊弓之鸟

楚王游于苑，白猿在焉，王令善射者射之。矢数发，猿搏矢而笑。乃命由基。由基抚弓，猿即抱木而号。及六国时，更羸谓魏王曰："臣能为虚发而下鸟。"魏王曰："然则射可至于此乎？"羸曰："可。"有顷，闻雁从东方来，更羸虚发而鸟下焉。

古冶子

齐景公渡于江沅之河，鼋衔左骖没之，众皆惊惕。古冶子于是拔剑从之，邪行五里，逆行三里，至于砥柱之下。杀之，乃鼋也，左手持鼋头，右手挟左骖①，燕跃鹄踊而出。仰天大呼，水为逆流三百步，观者皆以为河伯也。

【注释】

①骖（cān）：驾车时位于两边的马。

眉间尺复仇

楚干将、莫邪为楚王作剑，三年乃成。王怒，欲杀之。剑有雌雄，其妻重身①当产，夫语妻曰："吾为王作剑，三年乃成。王怒，往必杀我。汝若生子是男，大，告之曰：'出户望南山，松生石上，剑在其背。'"于是即将雌剑往见楚王。王大怒，使相之："剑有二，一雄一雌。雌来，雄不来。"王怒，即杀之。莫邪子名赤比，后壮，乃问其母曰："吾父所在？"母曰："汝父为楚王作剑，三年乃成，王怒杀之。去时嘱我：'语汝子：出户望南山，松生石上，剑在其背。'"于是子出户南望，不见有山，但睹堂前松柱下，石低之上，即以斧破其背，得剑。日夜思欲报楚王。王梦见一儿，眉间广尺，言欲报仇。王即购之千金。儿闻之，亡去，入山行歌。客有逢者，谓："子年少，何哭之甚悲耶？"曰："吾干将、莫邪子也。楚王杀吾父，吾欲报之！"客曰："闻王购子头千金，将子头与剑来，为子报之。"儿曰："幸甚！"即自刎，两手捧头及剑奉之，立僵。客曰："不负子也。"于是尸乃仆。客持头往见楚王，王大喜。客曰："此乃勇士头也。

当于汤镬煮之。"王如其言。煮头三日三夕，不烂。头踔[2]出汤中，踬目大怒。客曰："此儿头不烂，愿王自往临视之，是必烂也。"王即临之。客以剑拟王，王头随堕汤中。客亦自拟己头，头复堕汤中。三首俱烂，不可识别。乃分其汤肉葬之，故通名"三王墓"。今在汝南北宜春县界。

【注释】

①重身：怀孕。

②踔（chuō）：跳跃。

贾雍问头

汉武时，苍梧贾雍为豫章太守，有神术。出界讨贼，为贼所杀，失头，上马回营，营中咸走来视雍。雍胸中语曰："战不利，为贼所伤。诸君视有头佳乎？无头佳乎？"吏涕泣曰："有头佳。"雍曰："不然。无头亦佳。"言毕，遂死。

头语

渤海太守史良好一女子，许嫁而不果。良怒，杀之，断其头而归，投于灶下，曰："当令火葬。"头语曰："使君，我相从，何图当尔。"后梦见曰："还君物。"觉而得昔所与香缨金钗之属。

苌弘化碧

周灵王时，苌弘见杀。蜀人因藏其血，三年乃化而为碧。

东方朔以酒消患

汉武帝东游，未出函谷关，有物当道，身长数丈，其状像牛，青眼而曜睛，四足入土，动而不徙。百官惊骇。东方朔乃请以酒灌之。灌之数十斛而物消。帝问其故。答曰："此名为患，忧气之所生也。此必是秦之狱地，不然，则罪人徒作之所聚。夫酒忘忧，故能消之也。"帝曰："吁！博物之士，至于此乎！"

谅辅自曝中庭祈雨

后汉谅辅，字汉儒，广汉新都人。少给佐吏，浆水不交。为从事，大小毕举，郡县敛手。时夏枯旱，太守自曝中庭，而雨不降。辅以五官掾出祷山川，自誓曰："辅为郡股肱，不能进谏纳忠，荐贤退恶，和调百姓，至令天地否隔①，万物枯焦，百姓喁喁，无所控诉，咎尽在辅。今郡太守内省责己，自曝中庭，使辅谢罪，为民祈福。精诚恳到，未有感彻，辅今敢自誓，若至日中无雨，请以身塞无状。"乃积薪柴，将自焚焉。至日中时，山气转黑起，雷雨大作，一郡沾润。世以此称其至诚。

①否（pǐ）隔：隔绝不通。

何敞

何敞，吴郡人。少好道艺，隐居。里以大旱，民物憔悴。太守庆洪遣户曹掾致谒，奉印绶，烦守无锡。敞不受，退，叹而言曰："郡界有灾，安能得怀道？"因跋涉之县，驻明星屋中。蝗蝝①消死，敞即遁去。后举方正、博士，皆不就，卒于家。

【注释】

①蝝（yuán）：蝗虫的幼虫。

徐栩为小黄令

后汉徐栩，字敬卿，吴由拳人。少为狱吏，执法详平，为小黄令。时属县大蝗，野无生草，过小黄界，飞逝不集。刺史行部，责栩不治。栩弃官，蝗应声而至。刺史谢，令还寺舍，蝗即飞去。

白虎墓

王业，字子香，汉和帝时为荆州刺史。每出行部，沐浴斋素，以祈于天地，当启佐愚心，无使有枉百姓。在州七年，惠风大行，苛慝①不作，山无豺狼。卒于枝江，有二白虎低头曳尾，宿卫其侧。及丧去，虎逾州境，忽然不见。民共为立碑，号曰"枝江白虎墓"。

【注释】

①苛慝（tè）：暴虐邪恶。

葛祚移槎

吴时，葛祚为衡阳太守。郡境有大槎①横水，能为妖怪。百姓为立庙，行旅祷祀，槎乃沉没，不者槎浮，则船为之破坏。祚将去官，乃大具斧斤，将去民累。明日当至，其夜，闻江中汹汹有人声。往视之，槎乃移去，沿流下数里，驻湾中。自此行者无复沉覆之患。衡阳人为祚立碑，曰："正德祈禳，神木为移。"

【注释】

①槎（chá）：树枝。

曾参之孝

曾子从仲尼在楚而心动，辞归问母。母曰："思尔啮指。"孔子曰："曾参之孝，精感万里。"

周畅至孝

周畅性仁慈，少至孝，独与母居。每出入，母欲呼之，常自啮其手，畅即觉手痛而至。治中从事未之信，候畅在田，使母啮手，而畅即归。元初二年，为河南尹，时夏大旱，久祷无应。畅收葬洛阳城旁客死骸骨万余，为立义冢，应时澍雨[1]。

【注释】

①澍（shù）雨：暴雨。

王祥求鲤

王祥，字休徵，琅邪人。性至孝。早丧亲，继母朱氏不慈，数谮[1]之，由是失爱于父，每使扫除牛下。父母有疾，衣不解带。母常欲生鱼，时天寒冰冻，祥解衣，将剖冰求之。冰忽自解，双鲤跃出，持之而归。母又思黄雀炙，复有黄雀数十入其幕，复以供母。乡里惊叹，以为孝感所致。

【注释】

①谮（zèn）：诬陷，中伤。

王延盛冬求鱼

王延性至孝。继母卜氏，尝盛冬思生鱼，敕延求而不获，杖之流血。延寻汾，叩凌而哭。忽有一鱼，长五尺，跃出冰上。延取以进母。卜氏食之，积日不尽，于是心悟，抚延如己子。

楚僚卧冰求鲤

楚僚早失母，事后母至孝。母患痈肿，形容日悴。僚自徐徐吮之，血出，迨夜即得安寝。乃梦一小儿语母曰："若得鲤鱼食之，其病即差，可以延寿。不然，不久死矣。"母觉而告僚。时十二月冰冻，僚乃仰天叹泣，脱衣上冰卧之。有一童子，决僚卧处，冰忽自开，一双鲤鱼跃出。僚将归奉其母，病即愈，寿至一百三十三岁。盖至孝感天神，昭应如此，此与王祥、王延事同。

蛴螬炙

盛彦，字翁子，广陵人。母王氏，因疾失明，彦躬自侍养。母食，必自哺之。母疾既久，至于婢使，数见捶挞。婢忿恨，闻彦暂行，取蛴螬炙饴①之。母食，以为美，然疑是异物，密藏以示彦。彦见之，抱母恸哭，绝②而复苏。母目豁然即开，于此遂愈。

【注释】

①蛴螬（qí cáo）：金龟子的幼虫。饴（sì）：同"饲"。给人食物吃。

②绝：死亡。

颜含得蚺蛇胆

颜含，字弘都。次嫂樊氏，因疾失明，医人疏方，须蚺蛇胆，而寻求备至，无由得之。含忧叹累时，尝昼独坐，忽有一青衣童子，年可十三四，持一青囊授含。含开视，乃蛇胆也。童子逡巡出户，化成青鸟飞去。得胆药成，嫂病即愈。

郭巨埋儿

郭巨，隆虑人也，一云河内温人。兄弟三人，早丧父。礼毕，二弟求分，以钱二千万，二弟各取千万。巨独与母居客舍，夫妇佣赁，以给供养。居有顷，妻产男。巨念与儿妨事亲，一也；老人得食，喜分儿孙，减馔，二也。乃于野凿地，欲埋儿。得石盖，下有黄金一釜，中有丹书，曰："孝子郭巨，黄金一釜，以用赐汝。"于是名振天下。

刘殷服丧而哀

新兴刘殷，字长盛。七岁丧父，哀毁过礼。服丧三年，未尝见齿。事曾祖母王氏。尝夜梦人谓之曰："西篱下有粟。"寤而掘之，得粟十五钟，铭曰："七年粟百石，以赐孝子刘殷。"自是食之，七岁方尽。及王氏卒，夫妇毁瘠，几至灭性。时枢在殡而西邻失火，风势甚猛，殷夫妇叩殡号哭，火遂灭。后有二白鸠来，巢其庭树。

杨伯雍种玉

　　杨公伯雍，洛阳县人也，本以侩①卖为业。性笃孝。父母亡，葬无终山，遂家焉。山高八十里，上无水，公汲水，作义浆于坂头，行者皆饮之。三年，有一人就饮，以一斗石子与之，使至高平好地有石处种之，云："玉当生其中。"杨公未娶，又语云："汝后当得好妇。"语毕不见。乃种其石。数岁，时时往视，见玉子生石上，人莫知也。有徐氏者，右北平著姓，女甚有行，时人求，多不许。公乃试求徐氏，徐氏笑以为狂，因戏云："得白璧一双来，当听为婚。"公至所种玉田中，得白璧五双，以聘。徐氏大惊，遂以女妻公。天子闻而异之，拜为大夫。乃于种玉处，四角作大石柱，各一丈，中央一顷地，名曰"玉田"。

【注释】

　　①侩（kuài）：旧时指以拉拢买卖从中取利为职业的人。

衡农孝母

　　衡农，字剽卿，东平人也。少孤，事继母至孝。常宿于他舍，值雷风，频梦虎啮其足。农呼妻相出于庭，叩头三下。屋忽然而坏，压死者三十余人，唯农夫妻获免。

罗威为母温席

罗威，字德仁。八岁丧父，事母性至孝。母年七十，天大寒，常以身自温席，而后授其处。

王裒之孝

王裒，字伟元，城阳营陵人也。父仪，为文帝所杀。裒庐于墓侧，旦夕常至墓所拜跪，攀柏悲号，涕泣着树，树为之枯。母性畏雷，母没，每雷，辄到墓曰："裒在此。"

白鸠郎

郑弘迁临淮太守，郡民徐宪在丧致哀，有白鸠巢户侧。弘举为孝廉，朝廷称为"白鸠郎"。

东海孝妇

汉时，东海孝妇养姑甚谨。姑曰："妇养我勤苦，我已老，何惜余年，久累年少。"遂自缢死。其女告官云："妇杀我母。"官收系之，拷掠毒治。孝妇不堪苦楚，自诬服之。时于公为狱吏，曰："此妇养姑十余年，以孝闻彻，必不杀也。"太守不听。于公争不得理，抱其狱词，哭于府而去。自后郡中枯旱，三年不雨。后太守至，于公曰："孝妇不当死，前太守枉杀之，咎当在此。"太守即时身祭孝妇冢，因表其墓。天立雨，岁大熟。长老传云：孝妇名周青。青将死，车载十丈竹竿，以悬五幡，立誓于众曰："青若有罪，愿杀，血当顺下；青若枉死，血当逆流。"既行刑已，其血青黄，缘幡竹而上极标，又缘幡而下云。

泥和女至孝

犍为叔先泥和，其女名雄。永建三年，泥和为县功曹，县长赵祉遣泥和拜檄谒巴郡太守。以十月乘船，于城湍堕水死，尸丧不得。雄哀恸号咷，命不图存。告弟贤及夫人，令勤觅父尸："若求不得，吾欲自沉觅之。"时雄年二十七，有子男贡，年五岁；贳，年三岁。乃各作绣香囊一枚，盛以金珠环，预婴二子。哀号之声，不绝于口，昆族私忧。至十二月十五日，父丧不得。雄乘小船，于父堕处哭泣数声，竟自投水中，旋流没底。见梦告弟云："至二十一日，与父俱出。"至期如梦，与父相持，并浮出江。县长表言，郡太守肃登承上尚书。乃遣户曹掾为雄立碑，图象其形，令知至孝。

乐羊子之妻

河南乐羊子之妻者，不知何氏之女也，躬勤养姑。尝有他舍鸡，谬入园中，姑盗杀而食之。妻对鸡不食而泣。姑怪问其故，妻曰："自伤居贫，使食有他肉。"姑竟弃之。后盗有欲犯之者，乃先劫其姑。妻闻，操刀而出。盗曰："释汝刀。从我者可全，不从我者，则杀汝姑！"妻仰天而叹，刎颈而死。盗亦不杀姑。太守闻之，捕杀盗贼，赐妻缣帛，以礼葬之。

庾衮侍兄

庾衮，字叔褒。咸宁中大疫，二兄俱亡，次兄毗复殆。疠^①气方盛，父母诸弟皆出次于外，衮独留不去。诸父兄强之，乃曰："衮性不畏病。"遂亲自扶持，昼夜不眠；间复抚柩，哀临不辍。如此十余旬，疫势既退，家人乃返。毗病得差，衮亦无恙。

【注释】

①疠（lì）：疫病。

韩凭妻

宋康王舍人韩凭，娶妻何氏，美，康王夺之。凭怨，王囚之，论为城旦^①。妻密遗凭书，缪其辞^②曰："其雨淫淫，河大水深，日出当心。"既而王得其书，以示左右，左右莫解其意。臣苏贺对曰："其雨淫淫，言愁且思也。河大水深，不得往来也。日出当心，心有死志也。"俄而凭乃自杀。其妻乃阴腐其衣。王与之登台，妻遂自投台。左右揽之，衣不中手而死。遗书于带曰："王利其生，妾利其死。愿以尸骨，赐凭合葬。"王怒，弗听，使里人埋之，冢相望也。王曰："尔夫妇相爱不已，若能使冢合，则吾弗阻也。"宿昔之间，便有大梓木生于二冢之端，旬日而大盈抱，屈体相就，根交于下，枝错于上。又有鸳鸯，雌雄各一，恒栖树上，晨夕不去，交颈悲鸣，音声感人。宋人哀之，遂号其木曰"相思树"。相思之名起于此也。南人谓此禽即韩凭夫妇之精魂。今睢阳有韩凭城，其歌谣至今犹存。

【注释】

①城旦：古代的一种刑罚，筑城四年的劳役。

②缪其辞：指辞意隐晦。

儿化水

汉末，零陵郡太守史满有女，悦门下书佐，乃密使侍婢取书佐盥手残水饮之，遂有妊。已而生子。至能行，太守令抱儿出，使求其父。儿匍匐直入书佐怀中。书佐推之，仆地化为水。穷问之，具省前事，遂以女妻书佐。

望夫冈

鄱阳西有望夫冈。昔县人陈明与梅氏为婚，未成而妖魅诈迎妇去。明诣卜者，决云："行西北五十里求之。"明如言，见一大穴，深邃无底，以绳悬入，遂得其妇。乃令妇先出，而明所将邻人秦文，遂不取明。其妇乃自誓执志，登此冈首而望其夫，因以名焉。

邓元义遣妻

后汉南康邓元义，父伯考，为尚书仆射。元义还乡里，妻留事姑，甚谨。姑憎之，幽闭空室，节其饮食。羸露日困，终无怨言。时伯考怪而问之，元义子朗时方数岁，言母不病，但苦饥耳。伯考流涕曰："何意亲姑，反为此祸？"遣归家，更嫁为华仲妻。仲为将作大匠，妻乘朝车出，元义于路旁观之，谓人曰："此我故妇，非有他过，家夫人遇之实酷。本自相贵。"其子朗，时为郎。母与书，皆不答，与衣裳，辄以烧之。母不以介意。母欲见之，乃至亲家李氏堂上，令人以他词请朗。朗至见母，再拜涕泣，因起出。母追谓之曰："我几死，自为汝家所弃。我何罪过，乃如此耶？"因此遂绝。

严遵断案

严遵为扬州刺史，行部，闻道旁女子哭声不哀。问所哭者谁，对云："夫遭烧死。"遵敕吏舁①尸到，与语讫，语吏云："死人自道不烧死。"乃摄女，令人守尸，云："当有枉。"吏曰："有蝇聚头所。"遵令披视，得铁椎贯顶。考问，以淫杀夫。

【注释】

①舁（yú）：抬。

范巨卿张元伯之谊

　　汉范式，字巨卿，山阳金乡人也，一名氾。与汝南张劭为友，劭字元伯。二人并游太学。后告归乡里，式谓元伯曰："后二年当还，将过拜尊亲，见孺子焉。"乃共克期日。后期方至，元伯具以白母，请设馔以候之。母曰："二年之别，千里结言，尔何相信之审耶？"曰："巨卿信士，必不乖违。"母曰："若然，当为尔酝酒。"至期果到，升堂拜饮，尽欢而别。后元伯寝疾甚笃，同郡郅君章、殷子徵晨夜省视之。元伯临终，叹曰："恨不见我死友^①。"子徵曰："吾与君章尽心于子，是非死友，复欲谁求？"元伯曰："若二子者，吾生友^②耳。山阳范巨卿，所谓死友也。"寻而卒。式忽梦见元伯，玄冕垂缨，屦履^③而呼曰："巨卿！吾以某日死，当以尔时葬，永归黄泉。子未忘我，岂能相及？"式恍然觉悟，悲叹泣下。便服朋友之服，投其葬日，驰往赴之。未及到而丧已发引。既至圹^④，将窆^⑤，而柩不肯进。其母抚之曰："元伯，岂有望耶？"遂停柩。移时，乃见素车白马，号哭而来。其母望之曰："是必范巨卿也。"既至，叩丧言曰："行矣元伯！死生异路，永从此辞。"会葬者千人，咸为挥涕。式因执绋而引，柩于是乃前。式遂留止冢次，为修坟树，然后乃去。

【注释】

　　①死友：指生死不渝的挚友。

②生友：指普通的朋友。

③屣（xǐ）履：拖着鞋子走路。

④圹（kuàng）：坟墓。

⑤窆（biǎn）：埋葬。

卷十二

五气变化 万物化成

天有五气，万物化成。木清则仁，火清则礼，金清则义，水清则智，土清则思：五气尽纯，圣德备也。木浊则弱，火浊则淫，金浊则暴，水浊则贪，土浊则顽：五气尽浊，民之下也。中土多圣人，和气所交也；绝域多怪物，异气所产也。苟禀此气，必有此形；苟有此形，必生此性。故食谷者智慧而文，食草者多力而愚，食桑者有丝而蛾，食肉者勇敢①而悍，食土者无心而不息，食气者神明而长寿，不食者不死而神。大腰②无雄，细腰③无雌。无雄外接，无雌外育。三化之虫，先孕后交；兼爱之兽，自为牝牡。寄生因夫高木，女萝托乎茯苓。木株于土，萍植于水。鸟排虚而飞，兽跖实而走，虫土闭而蛰，鱼渊潜而处。本乎天者亲上，本乎地者亲下，本乎时者亲旁：各从其类也。千岁之雉，入海为蜃；百年之雀，入海为蛤；千岁龟鼋④，能与人语；千岁之狐，起为美女；千岁之蛇，断而复续；百年之鼠，而能相卜：数之至也。春分之日，鹰变为鸠；秋分之日，鸠变为鹰：时之化也。故腐草之为萤也，朽苇之为蚕⑤也，稻之为蛩⑥也，麦之为蝴蝶也，羽翼生焉，眼目成焉，心智在焉。此自无知化为有知而气易也。鹤⑦之为獐也，蚕之为虾也，不失其血气而形性变也。若此之类，不可胜论。应变而动，是为顺常；苟错其方，则为妖眚。故下体生于上，上体生于下，气之反者也；人生兽，兽生人，气之乱者也；男化为女，女化为男，气之贸⑧者也。鲁公牛哀得疾，七日化而为虎，形体变易，爪牙施张。其兄启户而入，搏而食之。方其为人，不知其将为虎也；方其为虎，不知其常为人也。故晋太康中，陈留阮士瑀伤于虺，不忍其痛，数嗅其疮，已而双虺成于鼻中。元康中，历阳纪元载，客食道龟，已而成瘕⑨。医以药攻之，下龟子数升，大如小钱，头足咸备，文甲皆具，惟中药已死。夫妻非化育之气，鼻非胎孕之所，享道⑩非下物之具。从此观之，万物之生死也，与其变化也，非通神之思，虽求诸己，恶识所自来？然朽草之为萤，由乎腐也；麦之为蝴蝶，由乎湿也。尔则万物之变，皆有由也。农夫止麦之化者，沤之以灰；圣人理万物之化者，济之以道。其与不然乎？

【注释】

①㦎（xiàn）：有气势。

②大腰：指龟类动物。

③细腰：指蜂类动物。

④鼋（yuán）：大鳖。

⑤蛩（qióng）：蟋蟀。

⑥蛱（jiā）：米中的黑色小虫。

⑦鹤（hè）：同"鹤"。

⑧贸：交错。

⑨瘕（jiǎ）：肚子里结块的病。

⑩享道：指消化道。

贲羊

季桓子穿井，获如土缶，其中有羊焉。使问之仲尼曰："吾穿井而获狗，何耶？"仲尼曰："以丘所闻，羊也。丘闻之，木石之怪，夔、蝄蜽①；水中之怪，龙、罔象；土中之怪，曰贲羊。"《夏鼎志》曰："罔象，如三岁儿，赤目，黑色，大耳，长臂，赤爪，索缚则可得食。"王子曰："木精为游光，金精为清明也。"

【注释】

①蝄蜽（wǎng liǎng）：古代传说中的山川精怪。

掘地得物

晋惠帝元康中，吴郡娄县怀瑶家，忽闻地中有犬声隐隐。视声发处，上有小窍，大如蚓穴。瑶以杖刺之，入数尺，觉有物。乃掘视之，得犬子，雌雄各一。目犹未开，形大于常犬。哺之而食，左右咸往观焉。长老或云："此名犀犬，得之者令家富昌，宜当养之。"以目未开，还置窍中，覆以磨砻①。宿昔发视，左右无孔，遂失所在。瑶家积年无他祸福。至太兴中，吴郡太守张懋，闻斋内床下犬声，求而不得。既而地坼②，有二犬子，取而养之，皆死。其后懋为吴兴兵沈充所杀。《尸子》曰："地中有犬，名曰地狼；有人，名曰无伤。"《夏鼎志》曰："掘地而得狗，名曰贾；掘地而得豚，名曰邪；掘地而得人，名曰聚。聚，无伤也。此物之自然，无谓鬼神而怪之。"然则贾与地狼名异，其实一物也。《淮南·万毕》曰："千岁羊肝，化为地宰；蟾蜍得苽③，卒时为鹑。"此皆因气化以相感而成也。

【注释】

①磨砻（lóng）：磨石。

②坼（chè）：裂开。

③苽（gū）：同"菰"。一种菌类。

俣囊引人

吴诸葛恪为丹阳太守，尝出猎，两山之间，有物如小儿，伸手欲引人。恪令伸之，乃引去故地，去故地即死。既而参佐问其故，以为神明。恪曰："此事在《白泽图》内，曰：'两山之间，其精如小儿，见人则伸手欲引人，名曰俣囊。引去故地则死。'无谓神明而异之，诸君偶未见耳！"

池阳小人

王莽建国四年，池阳有小人景，长一尺余，或乘车，或步行，操持万物，大小各自相称，三日乃止。莽甚恶之。自后盗贼日甚，莽竟被杀。《管子》曰："涸泽数百岁，谷之不徙、水之不绝者，生庆忌。庆忌者，其状若人，其长四寸，衣黄衣，冠黄冠，戴黄盖，乘小马，好疾驰。以其名呼之，可使千里外一日反报。"然池阳之景者，或庆忌也乎？又曰："涸小水精，生蚳①。蚳者，一头而两身，其状若蛇，长八尺。以其名呼之，可使取鱼鳖。"

【注释】

①蚳（chí）：传说中的一种水中动物。

杨道和格霹雳

晋扶风杨道和，夏于田中获。值雨，至桑树下，霹雳下击之，道和以锄格，折其股，遂落地，不得去。唇如丹，目如镜，毛角长三寸余，状似六畜，头似猕猴。

落头民

秦时，南方有落头民，其头能飞。其种人部有祭祀，号曰"虫落"，故因取名焉。吴时，将军朱桓得一婢，每夜卧后，头辄飞去。或从狗窦，或从天窗中出入，以耳为翼，将晓复还，数数如此。旁人怪之，夜中照视，唯有身无头，其体微冷，气息裁属①，乃蒙之以被。至晓头还，碍被不得安，两三度堕地，噫咤②甚愁，体气甚急，状若将死。乃去被，头复起，傅颈，有顷和平。桓以为大怪，畏不敢畜，乃放遣之。既而详之，乃知天性也。时南征大将亦往往得之。又尝有覆以铜盘者，头不得进，遂死。

①裁属：形容气息微弱，呼吸困难。

②噫咤（zhà）：叹息。

貙人化虎

江汉之域，有貙人①。其先，禀君②之苗裔也，能化为虎。长沙所属蛮县东高居民，曾作槛捕虎。槛发，明日众人共往格之，见一亭长，赤帻大冠，在槛中坐。因问："君何以入此中？"亭长大怒曰："昨忽被县召，夜避雨，遂误入此中。急出我！"曰："君见召，不当有文书耶？"即出怀中召文书，于是即出之。寻视，乃化为虎，上山走。或云："貙虎化为人，如着紫葛衣，其足无踵。虎有五指者，皆是貙。"

【注释】

①貙（chū）人：古代分布于长江、汉水一带的部族。

②禀君：传说中巴人的始祖。

猳国马化劫女生子

蜀中西南高山之上，有物与猴相类，长七尺，能作人行，善走逐人，名曰"猳国"，一名"马化"，或曰"玃猿"。伺道行妇女有美者，辄盗取将去，人不得知。若有行人经过其旁，皆以长绳相引，犹故不免。此物能别男女气臭，故取女，男不取也。若取得人女，则为家室，其无子者，终身不得还。十年之后，形皆类之，意亦迷惑，不复思归。若有子者，辄抱送还其家。产子皆如人形，有不养者，其母辄死，故惧怕之，无敢不养。及长，与人不异，皆以杨为姓。故今蜀中西南多诸杨，率皆是猳国、马化之子孙也。

刀劳鬼

临川间诸山有妖物，来常因大风雨，有声如啸，能射人。其所着者，有顷便肿，大毒。有雌雄，雄急而雌缓。急者不过半日间，缓者经宿。其旁人常有以救之，救之少迟则死。俗名曰"刀劳鬼"。故外书云："鬼神者，其祸福发扬之验于世者也。"《老子》曰："昔之得一者：天得一以清，地得一以宁，神得一以灵，谷得一以盈，侯王得一以为天下贞。"然则天地鬼神，与我并生者也。气分则性异，域别则形殊，莫能相兼也。生者主阳，死者主阴，性之所托，各安其生，太阴之中，怪物存焉。

越祝之祖

越地深山中有鸟，大如鸠，青色，名曰"冶鸟"。穿大树作巢，如五六升器，户口径数寸，周饰以土垩①，赤白相分，状如射侯。伐木者见此树，即避之去。或夜冥不见鸟，鸟亦知人不见，便鸣唤曰："咄，咄，上去。"明日便宜急上。"咄，咄，下去。"明日便宜急下。若不使去，但言笑而不已者，人可止伐也。若有秽恶及其所止者，则有虎通夕来守，人不去，便伤害人。此鸟白日见其形，是鸟也；夜听其鸣，亦鸟也。时有观乐者，便作人形，长三尺，至涧中取石蟹，就火炙之，人不可犯也。越人谓此鸟是越祝之祖也。

【注释】

①土垩（è）：白土。

鲛人泪化珠

南海之外有鲛人，水居如鱼，不废织绩。其眼泣则能出珠。

大青小青

庐江灊、枞阳二县境上，有大青、小青黑①居山野之中，时闻哭声，多者至数十人，男女大小，如始丧者。邻人惊骇，至彼奔赴，常不见人。然于哭地必有死丧，率声若多则为大家，声若小则为小家。

【注释】

①黑：当为注释误入正文。

山都似人

庐陵大山之间，有山都，似人，裸身，见人便走。有男女，可长四五尺，能啸相唤。常在幽昧之中，似魑魅鬼物。

蜮含沙射人

汉光武中平中，有物处于江水，其名曰"蜮"，一曰"短狐"，能含沙射人。所中者，则身体筋急，头痛发热，剧者至死。江人以术方抑之，则得沙石于肉中。《诗》所谓"为鬼为蜮，则不可测"也。今俗谓之溪毒。先儒以为男女同川而浴，淫女为主，乱气所生也。

禁水鬼弹

汉永昌郡不韦县有禁水，水有毒气，唯十一月、十二月差可渡涉。自正月至十月，不可渡，渡辄病，杀人。其气中有恶物，不见其形，其作有声。如有所投击，中木则折，中人则害。士俗号为"鬼弹"。故郡有罪人，徙之禁旁，不过十日皆死。

蘘荷攻蛊

余外妇姊夫蒋士，有佣客，得疾下血。医以中蛊，乃密以蘘荷根布席下，不使知。乃狂言曰："食我蛊者，乃张小小也。"乃呼小小亡去。今世攻蛊，多用蘘荷根，往往验。蘘荷或谓嘉草。

犬蛊

鄱阳赵寿有犬蛊。时陈岑诣寿，忽有大黄犬六七群，出吠岑。后余伯归与寿妇食，吐血几死，乃屑桔梗以饮之而愈。蛊有怪物，若鬼，其妖形变化，杂类殊种，或为狗豕，或为虫蛇，其人不自知其形状。行之于百姓，所中皆死。

蛇蛊破家

荥阳郡有一家姓廖，累世为蛊，以此致富。后取新妇，不以此语之。遇家人咸出，唯此妇守舍。忽见屋中有大缸，妇试发之，见有大蛇，妇乃作汤，灌杀之。及家人归，妇具白其事，举家惊惋。未几，其家疾疫，死亡略尽。

卷十三

澧泉洗心

泰山之东有澧泉，其形如井，本体是石也。欲取饮者，皆洗心志，跪而挹之，则泉出如飞，多少足用。若或污漫，则泉止焉。盖神明之尝志者也。

河神巨灵开山河

二华之山，本一山也。当河，河水过之而曲行。河神巨灵以手擘①开其上，以足蹋离其下，中分为两，以利河流。今观手迹于华岳上，指掌之形具在；脚迹在首阳山下，至今犹存。故张衡作《西京赋》所称"巨灵赑屃②，高掌远迹，以流河曲"是也。

【注释】

①擘（bò）：砍。

②赑屃（bì xì）：龙之九子之一，又名霸下。

霍山镬

汉武徙南岳之祭于庐江灊县①霍山之上，无水。庙有四镬，可受四十斛。至祭时，水辄自满，用之足了，事毕即空。尘土树叶，莫之污也。积五十岁，岁作四祭。后但作三祭，一镬自败。

【注释】

①灊（qián）县：古县名，位于今安徽霍山。

樊山

樊口之东有樊山，若天旱，以火烧山，即至大雨。今往往有验。

清泉自出

空桑之地，今名为孔宝，在鲁南山之穴。外有双石，如桓楹①起立，高数丈。鲁人弦歌祭祀。穴中无水，每当祭时，洒扫以告，辄有清泉自石间出，足以周事。既已，泉亦止。其验至今存焉。

【注释】

①桓楹：华表。

龙穴

湘东新平县有一龙穴。岁大旱，人则共壅水以塞此穴。穴淹，则大雨立至。

龟化城

秦惠王二十七年，使张仪筑成都城，屡颓。忽有大龟浮于江，至东子城东南隅而毙。仪以问巫，巫曰："依龟筑之。"便就。故名"龟化城"。

城陷为湖

由拳县，秦时长水县也。始皇时，童谣曰："城门有血，城当陷没为湖。"有妪闻之，朝朝往窥。门将欲缚之，妪言其故。后门将以犬血涂门。妪见血，便走去。忽有大水欲没县。主簿令干入白令，令曰："何忽作鱼？"干曰："明府亦作鱼。"遂沦为湖。

马邑之由来

秦时，筑城于武周塞内，以备胡。城将成而崩者数焉。有马驰走，周旋反复，父老异之，因依马迹以筑城，城乃不崩。遂名"马邑"。其故城今在朔州。

劫烧之余

汉武帝凿昆明池，极深，悉是灰墨，无复土。举朝不解，以问东方朔。朔曰："臣愚，不足以知之。可试问西域人。"帝以朔不知，难以移问。至后汉明帝时，西域道人入来洛阳。时有忆方朔言者，乃试以武帝时灰墨问之。道人云："经云：'天地大劫将尽，则劫烧。'此劫烧之余也。"乃知朔言有旨。

丹砂之井

临汜县有廖氏，世老寿。后移居，子孙辄残折。他人居其故宅，复累世寿。乃知是宅所为，不知何故。疑井水赤，乃掘井左右，得古人埋丹砂数十斛。丹汁入井，是以饮水而得寿。

吴王脍余

江东名余腹者，昔吴王阖闾江行，食脍有余，因弃中流，悉化为鱼。今鱼中有名吴王脍余者，长数寸，大者如箸，犹有脍形。

长卿

蟛蚎，蟹也。尝通梦于人，自称"长卿"。今临海人多以"长卿"呼之。

青蚨

南方有虫，名蟦蝸，一名蛫蠋，又名青蚨①。形似蝉而稍大，味辛美，可食。生子必依草叶，大如蚕子。取其子，母即飞来，不以远近。虽潜取其子，母必知处。以母血涂钱八十一文，以子血涂钱八十一文，每市物，或先用母钱，或先用子钱，皆复飞归，轮转无已。故《淮南子术》以之还钱，名曰"青蚨"。

【注释】

①蠜蜗（dūn yú）、蛅蠋（zhé zhú）、青蚨（fú）：一种传说中的虫子。

蜾蠃之子

土蜂名曰蜾蠃①，今世谓蜾蠃，细腰之类。其为物，雄而无雌，不交不产。常取桑虫或阜螽②子育之，则皆化成己子。亦或谓之"蜾蠃"。《诗》曰"螟蛉有子，果蠃负之"是也。

【注释】

①蜾蠃（guǒ luǒ）：寄生蜂的一种。

②阜螽（zhōng）：蝗虫的幼虫。

化蝶

木蠹生虫，羽化为蝶。

猬

猬多刺，故不使超逾杨柳。

《典论》之刊

昆仑之墟，地首也。是惟帝之下都，故其外绝以弱水之深，又环以炎火之山。山上有鸟兽草木，皆生育滋长于炎火之中，故有火浣布。非此山草木之皮枲^①，则其鸟兽之毛也。汉世，西域旧献此布，中间久绝。至魏初时，人疑其无有。文帝以为火性酷烈，无含生之气，著之《典论》，明其不然之事，绝智者之听。及明帝立，诏三公曰："先帝昔著《典论》，不朽之格言。其刊石于庙门之外及太学，与石经并，以永示来世。"至是，西域使人献火浣布袈裟，于是刊灭此论，而天下笑之。

【注释】

①枲（xǐ）：大麻的雄株。

阳燧阴燧

夫金锡之性，一也。以五月丙午日中铸，为阳燧^①；以十一月壬子夜半铸，为阴燧^②。言丙午日铸为阳燧，可取火；壬子夜铸为阴燧，可取水也。

【注释】

①阳燧：古代利用阳光取火的器具，为铜质圆形的凹面镜。
②阴燧：古代月夜接露水的盘子。

焦尾琴

汉灵帝时，陈留蔡邕以数上书陈奏，忤上旨意，又内宠恶之。虑不免，乃亡命江海，远迹吴会。至吴，吴人有烧桐以爨者。邕闻火烈声，曰："此良材也。"因请之，削以为琴，果有美音。而其尾焦，因名"焦尾琴"。

柯亭竹

蔡邕尝至柯亭，以竹为椽。邕仰眄之，曰："良竹也。"取以为笛，发声辽亮。一云邕告吴人曰："吾昔尝经会稽高迁亭，见屋东间第十六竹椽可为笛，取用，果有异声。"

卷十四

蒙双氏

昔高阳氏，有同产而为夫妇，帝放之于崆峒之野，相抱而死。神鸟以不死草覆之。七年，男女同体而生，二头，四手足，是为蒙双氏。

盘瓠子孙

高辛氏有老妇人居于王宫，得耳疾历时。医为挑治，出顶虫，大如茧。妇人去后，置以瓠篱，覆之以盘。俄尔顶虫乃化为犬，其文五色，因名"盘瓠"，遂畜之。时戎吴强盛，数侵边境，遣将征讨，不能擒胜。乃募天下有能得戎吴将军首者，购金千斤，封邑万户，又赐以少女。后盘瓠衔得一头，将造王阙。王诊视之，即是戎吴。"为之奈何？"群臣皆曰："盘瓠是畜，不可官秩，又不可妻。虽有功，无施也。"少女闻之，启王曰："大王既以我许天下矣。盘瓠衔首而来，为国除害，此天命使然，岂狗之智力哉。王者重言，伯者重信，不可以女子微躯，而负明约于天下，国之祸也。"王惧而从之，令少女从盘瓠。盘瓠将女上南山，草木茂盛，无人行迹。于是女解去衣裳，为仆竖之结，着独力之衣，随盘瓠升山入谷，止于石室之中。王悲思之，遣往视觅，天辄风雨，岭震云晦，往者莫至。盖经三年，产六男六女。盘瓠死后，自相配偶，因为夫妇。织绩木皮，染以草实，好五色衣服，裁制皆有尾形。后母归，以语王，王遣使迎诸男女，天不复雨。衣服褊裢①，言语侏僮②，饮食蹲踞，好山恶都。王顺其意，赐以名山广泽，号曰"蛮夷"。蛮夷者，外痴内黠，安土重旧。以其受异气于天命，故待以不常之律：田作贾贩，无关缭符传③、租税之赋；有邑君长，皆赐印绶；冠用獭皮，取其游食于水。今即梁、汉、巴、蜀、武陵、长沙、庐江郡夷是也。用糁杂鱼肉，叩槽而号，以祭盘瓠，其俗至今。故世称"赤髀④横裙，盘瓠子孙"。

【注释】

①褊裢（biǎn lián）：形容色彩斑斓。

②侏僮：指怪异的方言，难以听懂。

③关缭：出入关隘的凭证。符传：古代的一种符信，用于出入关。

④髀（bì）：大腿。

夫馀王东明

槁离国王侍婢有娠，王欲杀之。婢曰："有气如鸡子，从天来下，故我有娠。"后生子，捐之猪圈中，猪以喙嘘之；徙至马栈①中，马复以气嘘之，故得不死。王疑以为天子也，乃令其母收畜之，名曰"东明"。常令牧马。东明善射，王恐其夺己国也，欲杀之。东明走，南至施掩水，以弓击水，鱼鳖浮为桥，东明得渡。鱼鳖解散，追兵不得渡，因都王夫馀。

【注释】

①马枥（lì）：马槽。

宫人生卵

古徐国宫人娠而生卵，以为不祥，弃之水滨。有犬名"鹄苍"，衔卵以归，遂生儿，为徐嗣君。后鹄苍临死，生角而九尾，实黄龙也。葬之徐里中。见有狗垄在焉。

榖乌菟

斗伯比父早亡，随母归，在舅姑之家。后长大，乃奸妘子之女，生子文。其妘子妻耻女不嫁而生子，乃弃于山中。妘子游猎，见虎乳一小儿，归与妻言。妻曰："此是我女与伯比私通，生此小儿。我耻之，送于山中。"妘子乃迎归养之，配其女与伯比。楚人因呼子文为榖乌菟。仕至楚相也。

顷公无野

齐惠公之妾萧同叔子，见御有身。以其贱，不敢言也。取薪而生顷公于野，又不敢举也。有狸乳而鹲①覆之。人见而收，因名曰"无野"，是为顷公。

【注释】

①鹯（zhān）：一种猛禽。

羌豪袁钔

袁钔者，羌豪也。秦时，拘执为奴隶，后得亡去。秦人追之急迫，藏于穴中。秦人焚之，有景相①如虎，来为蔽，故得不死。诸羌神之，推以为君。其后种落炽盛。

【注释】

①景相：景象。

窦奉妻生蛇

后汉定襄太守窦奉妻生子武，并生一蛇。奉送蛇于野中。及武长大，有海内俊名。母死将葬，未窆，宾客聚集。有大蛇从林草中出，径来棺下，委地俯仰。以头击棺，血涕并流，状若哀恸。有顷而去。时人知为窦氏之祥。

撅儿筑城

晋怀帝永嘉中，有韩媪者，于野中见巨卵，持归育之，得婴儿，字曰"撅儿"。方四岁，刘渊筑平阳城不就，募能城者。撅儿应募，因变为蛇，令媪遗灰志其后，谓媪曰：

"凭灰筑城，城可立就。"竟如所言。渊怪之，遂投入山穴间，露尾数寸。使者斩之，忽有泉出穴中，汇为池，因名"金龙池"。

羽衣人

元帝永昌中，暨阳人任谷，因耕息于树下。忽有一人着羽衣，就淫之。既而不知所在，谷遂有妊。积月将产，羽衣人复来，以刀穿其阴下，出一蛇子，便去。谷遂成宦者，诣阙自陈，留于宫中。

马卷女化蚕

旧说太古之时，有大人远征，家无余人，唯有一女。牡马一匹，女亲养之。穷居幽处，思念其父，乃戏马曰："尔能为我迎得父还，吾将嫁汝。"马既承此言，乃绝缰而去，径至父所。父见马惊喜，因取而乘之。马望所自来，悲鸣不已。父曰："此马无事如此，我家得无有故乎？"亟乘以归。为畜生有非常之情，故厚加刍养。马不肯食，每见女出入，辄喜怒奋击。如此非一。父怪之，密以问女，女具以告父，必为是故。父曰："勿言，恐辱家门，且莫出入。"于是伏弩射杀之，暴皮于庭。父行，女以邻女于皮所戏，以足蹙①之曰："汝是畜生，而欲取人为妇耶？招此屠剥，如何自苦？"言未及竟，马皮蹶然而起，卷女以行。邻女忙怕，不敢救之，走告其父。父还，求索，已出失之。后经数日，得于大树枝间，女及马皮尽化为蚕，而绩于树上。其茧纶理厚大，异于常蚕。邻妇取而养之，其收数倍。因名其树曰"桑"。桑者，丧也。由斯百姓竞种之，今世所养是也。言桑蚕者，是古蚕之余类也。案《天官》："辰为马星。"《蚕书》曰："月当大火，则浴其种。"是蚕与马同气也。《周礼》校人职掌"禁原蚕者"，注云："物莫能两大，禁原蚕者，为其伤马也。"汉礼，皇后亲采桑，祀蚕神，曰菀窳妇人、寓氏公主②。公主者，女之尊称也；菀窳妇人，先蚕者也。故今世或谓蚕为女儿者，是古之遗言也。

【注释】

①蹙（cù）：通"蹴"。踢。

②菀窳（wǎn yǔ）妇人、寓氏公主：汉代人对蚕神的称呼。

嫦娥奔月

羿请无死之药于西王母，嫦娥窃之以奔月。将往，枚筮之于有黄。有黄占之曰："吉。翩翩归妹，独将西行。逢天晦芒，毋恐毋惊。后且大昌。"嫦娥遂托身于月，是为蟾蜍①。

【注释】

①蟾蜍（chú）：蟾蜍。

怪草

舌堆山^①，帝之女死，化为怪草。其叶郁茂，其华黄色，其实如兔丝。故服怪草者，恒媚于人焉。

【注释】

①舌堆（duǒ）山：传说中的神山。

兰岩鹤

荥阳县南百余里，有兰岩山，峭拔千丈。常有双鹤，素羽皭然^①，日夕偶影翔集。相传云昔有夫妇，隐此山数百年，化为双鹤，不绝往来。忽一旦一鹤为人所害，其一鹤岁常哀鸣。至今响动岩谷，莫知其年岁也。

【注释】

①皭（jiǎo）然：洁白光亮的样子。

毛衣女

豫章新喻县男子，见田中有六七女，皆衣毛衣，不知是鸟。匍匐往，得其一女所解毛衣，取藏之，即往就诸鸟。诸鸟各飞去，一鸟独不得去。男子取以为妇，生三女。其母后使女问父，知衣在积稻下，得之，衣而飞去。后复以迎三女，女亦得飞去。

黄氏之母化鼋

汉灵帝时，江夏黄氏之母浴盘水中，久而不起，变为鼋矣。婢惊走告。比家人来，鼋转入深渊。其后时时出见。初浴簪一银钗，犹在其首。于是黄氏累世不敢食鼋肉。

宋士宗母化鳖

魏黄初中，清河宋士宗母，夏天于浴室里浴，遣家中大小悉出，独在室中良久。家人不解其意，于壁穿中窥之，不见人体，见盆水中有一大鳖。遂开户，大小悉入，了不与人相承。尝先着银钗，犹在头上。相与守之啼泣，无可奈何。意欲求去，永不可留。视之积日，转懈，自捉①出户外。其去甚驶，逐之不及，遂便入水。后数日，忽还，巡行宅舍如平生，了无所言而去。时人谓士宗应行丧治服。士宗以母形虽变，而生理尚存，竟不治丧。此与江夏黄母相似。

【注释】

①捉：同"促"。突然。

宣骞母化鼋

吴孙皓宝鼎元年六月晦①，丹阳宣骞母，年八十矣，亦因洗浴化为鼋，其状如黄氏。骞兄弟四人闭户卫之，掘堂上作大坎，泻水其中。鼋入坎游戏，一二日间，恒延颈外望。伺户小开，便轮转自跃，入于深渊。遂不复还。

【注释】

①晦：农历每月的最后一天。

老翁为怪

汉献帝建安中，东郡民家有怪。无故瓮器自发，訇訇作声，若有人击。盘案在前，忽然便失。鸡生子，辄失去。如是数岁，人甚恶之。乃多作美食，覆盖，着一室中。阴藏户间，窥伺之。果复重来，发声如前。闻便闭户，周旋室中，了无所见。乃暗以杖挝之。良久，于室隅间有所中，便闻呻吟之声，曰："唷①！唷！宜死。"开户视之，得一老翁，可百余岁，言语了不相当，貌状颇类于兽。遂行推问，乃于数里外得其家，云："失来十余年。"得之哀喜。后岁余，复失之。闻陈留界复有怪如此。时人咸以为此翁。

【注释】

①唷（yòu）：呻吟之声。

卷十五

王道平与父喻

秦始皇时有王道平，长安人也。少时，与同村人唐叔偕女，小名父喻，容色俱美，誓为夫妇。寻王道平被差征伐，落堕南国，九年不归。父母见女长成，即聘与刘祥为妻。女与道平言誓甚重，不肯改事。父母逼迫不免，出嫁刘祥。经三年，忽忽不乐，常思道平，忿怨之深，悒悒而死。死经三年，平还家，乃诘邻人："此女安在？"邻人云："此女意在于君，被父母凌逼，嫁与刘祥。今已死矣。"平问："墓在何处？"邻人引往墓所。平悲号哽咽，三呼女名，绕墓悲苦，不能自止。平乃祝曰："我与汝立誓天地，保其终身。岂料官有牵缠，致令乖隔，使汝父母与刘祥。既不契于初心，生死永诀。然汝有灵圣，使我见汝生平之面；若无神灵，从兹而别。"言讫，又复哀泣。逡巡，其女魂自墓出，问平："何处而来？良久契阔。与君誓为夫妇，以结终身。父母强逼，乃出聘刘祥，已经三年。日夕忆君，结恨致死，乖隔幽途。然念君宿念不忘，再求相慰，妾身未损，可以再生，还为夫妇。且速开冢破棺，出我即活。"平审言，乃启墓门，扪看，其女果活，乃结束随平还家。其夫刘祥闻之惊怪，申诉于州县。检律断之，无条，乃录状奏王。王断归道平为妻。寿一百三十岁。实谓精诚贯于天地，而获感应如此。

河间郡男女

晋武帝世，河间郡有男女私悦，许相配适。寻而男从军，积年不归，女家更欲适之。女不愿行，父母逼之，不得已而去。寻病死。其男戍还，问女所在，其家具说之。乃至冢，欲哭之尽哀，而不胜其情。遂发冢开棺，女即苏活，因负还家。将养数日，平复如初。后夫闻，乃往求之。其人不还，曰："卿妇已死，天下岂闻死人可复活耶？此天赐我，非卿妇也。"于是相讼。郡县不能决，以谳①廷尉。秘书郎王导奏："以精诚之至，感于天地，故死而更生。此非常事，不得以常礼断之，请还开冢者。"朝廷从其议。

【注释】

①谳（yàn）：上报案情。

贾文合遇女

汉献帝建安中，南阳贾偶，字文合，得病而亡。时有吏将诣太山，司命阅簿，谓吏曰："当召某郡文合。何以召此人？可速遣之！"时日暮，遂至郭外树下宿，见一年少女独行，文合问曰："子类衣冠①，何乃徒步？姓字为谁？"女曰："某，三河人，父见为弋阳令。昨被召来，今却得还。遇日暮，惧获瓜田李下之讥。望君之容，必是贤者，是以停留，依凭左右。"文合曰："悦子之心，愿交欢于今夕。"女曰："闻之诸姑，女子以贞专为德，洁白为称。"文合反复与言，终无动志。天明，各去。文合卒已再宿，停丧将殓，视其面有色，扪心下稍温，少顷却苏。后文合欲验其实，遂至弋阳，修刺谒令，因问曰："君女宁卒而却苏耶？"具说女子资质服色、言语相反复本末。令入问女，所言皆同。乃大惊叹，竟以此女配文合焉。

李娥死复生

汉建安四年二月，武陵充县妇人李娥，年六十岁，病卒，埋于城外，已十四日。娥比舍有蔡仲，闻娥富，谓殡当有金宝，乃盗发冢求金。以斧剖棺。斧数下，娥于棺中言曰："蔡仲，汝护我头！"仲惊遽，便出走。会为县吏所见，遂收治，依法当弃市。娥儿闻母活，来迎出，将娥回去。武陵太守闻娥死复生，召见，问事状。娥对曰："闻谬为司命所召，到时得遣出。过西门外，适见外兄刘伯文，惊相劳问，涕泣悲哀。娥语曰：'伯文，我一日误为所召，今得遣归，既不知道，不能独行，为我得一伴否？又我见召，在此已十余日，形体又为家人所葬埋，归当那得自出？'伯文曰：'当为问之。'即遣门卒与尸曹相问：'司命一日误召武陵女子李娥，今得遣还。娥在此积日，尸丧又当殡殓，当作何等得出？又女弱独行，岂当有伴耶？是吾外妹，幸为便安之。'答曰：'今武陵西界有男子李黑，亦得遣还，便可为伴。兼敕黑过娥比舍蔡仲，发出娥也。'于是娥遂得出。与伯文别，伯文曰：'书一封，以与儿佗。'娥遂与黑俱归。事状如此。"太守闻之，慨然叹曰："天下事真不可知也。"乃表以为"蔡仲虽发冢，为鬼神所使，虽欲无发，势不得已，宜加宽宥。"诏书报可。太守欲验语虚实，即遣马吏于西界推问李黑，得之，与娥语协。乃致伯文书与佗。佗识其纸，乃是父亡时送箱中文书也，表文字犹在也，而书不可晓。乃请费长房读之，曰："告佗，我当从府君出案行部，当以八月八日日中时，武陵城南沟水畔顿，汝是时必往。"到期，悉将大小于城南待之。须臾果至，但闻人马隐隐之声。诣沟水，便闻有呼声曰："佗来，汝得我所寄李娥书不耶？"曰："即得之，故来至此。"伯文以次呼家中大小久之，悲伤断绝，曰："死生异路，不能数得汝消息。吾亡后，儿孙乃尔许大。"良久，谓佗曰："来春大病，与此一丸药，以涂门户，则辟来年妖疠矣。"言讫忽去，竟不得见其形。至来春，武陵果大病，白日皆见鬼，唯伯文之家鬼不敢向。费长房视药丸曰："此方相脑也。"

史姁

汉陈留考城史姁，字威明，年少时尝病，临死谓母曰："我死当复生。埋我，以竹杖柱于瘗^①上，若杖折，掘出我。"及死埋之，柱如其言。七日往视，杖果折。即掘出之，已活，走至井上浴，平复如故。后与邻船至下邳卖锄，不时售，云欲归。人不信之，曰："何有千里暂得归耶？"答曰："一宿便还。"即书取报，以为验实。一宿便还，果得报。考城令江夏鄳贾和姊病在乡里，欲急知消息，请往省之。路遥三千，再宿还报。

【注释】

①瘗（yì）：坟墓。

贺瑀得剑

会稽贺瑀，字彦琚，曾得疾，不知人，惟心下温。死三日，复苏，云："吏人将上天，见官府，入曲房，房中有层架，其上层有印，中层有剑，使瑀惟意所取。而短不及上层，取剑以出。门吏问何得，云得剑。曰：'恨不得印，可策百神。剑，惟得使社公耳。'"疾愈，果有鬼来，称社公。

戴洋过老子祠

戴洋，字国流，吴兴长城人。年十二，病死，五日而苏，说死时，天使其为酒藏吏，授符箓，给吏从幡麾，将上蓬莱、昆仑、积石、太室、庐、衡等山，既而遣归。妙解占候，知吴将亡，托病不仕，还乡里。行至濑乡，经老子祠，皆是洋昔死时所见使处，但不复见昔物耳。因问守藏应凤曰："去二十余年，尝有人乘马东行，经老君祠而不下马，未达桥，坠马死者否？"凤言有之。所问之事，多与洋同。

柳荣张悌

吴临海松阳人柳荣，从吴相张悌至扬州。荣病死船中二日，军士已上岸，无有埋之者。忽然大叫言："人缚军师！人缚军师！"声甚激扬，遂活。人问之，荣曰："上天北斗门下，卒①见人缚张悌，意中大愕，不觉大叫言：'何以缚军师！'门下人怒荣，叱逐使去。荣便怖惧，口余声发扬耳！"其日悌即战死。荣至晋元帝时犹存。

【注释】

①卒（cù）：突然。亦作"猝"。

马势妇

吴国富阳人马势妇，姓蒋。村人应病死者，蒋辄恍惚熟眠经日，见病人死，然后省觉。觉则具说，家中人不信之。语人云："某甲病，我欲杀之，怒强魂难杀，未即死。我入其家内，架上有白米饭，几种鲑①。我暂过灶下戏，婢无故犯我，我打其脊，使婢当时闷绝，久之乃苏。"其兄病，有乌衣人令杀之，向其请乞，终不下手。醒乃语兄云："当活。"

①鲑（xié）：古代对鱼类菜肴的总称。

颜畿复活

晋咸宁二年十二月，琅邪颜畿，字世都，得病，就医张瑳使治，死于张家。棺殓已久，家人迎丧，旐①每绕树木而不可解，人咸为之感伤。引丧者忽颠仆，称畿言曰："我寿命未应死，但服药太多，伤我五脏耳。今当复活，慎无葬也！"其父拊而祝之曰："若尔有命，当复更生，岂非骨肉所愿？今但欲还家，不尔葬也。"旐乃解。及还家，其妇梦之曰："吾当复生，可急开棺。"妇便说之。其夕，母及家人又梦之。即欲开棺，而父不听。其弟含，时尚少，乃慨然曰："非常之事，自古有之。今灵异至此，开棺之痛，孰与不开相负？"父母从之。乃共发棺，果有生验，以手刮棺，指爪尽伤，然气息甚微，存亡不分矣。于是急以绵饮沥口，能咽，遂与出之。将护累月，饮食稍多，能开目视瞻，屈伸手足，然不与人相当。不能言语，饮食所须，托之以梦。如此者十余年，家人疲于供护，不复得操事。含乃弃绝人事，躬亲侍养，以知名州党。后更衰劣，卒复还死焉。

【注释】

①旐（zhào）：出丧时，在灵柩前引路的旗幡。

羊祜

羊祜年五岁时，令乳母取所弄金镮。乳母曰："汝先无此物。"祜即诣邻人李氏东垣桑树中，探得之。主人惊曰："此吾亡儿所失物也，云何持去？"乳母具言之。李氏悲惋。时人异之。

汉宫人冢

汉末，关中大乱。有发前汉宫人冢者，宫人犹活。既出，平复如旧。魏郭后爱念之，录置宫内，常在左右。问汉时宫中事，说之了了，皆有次绪。郭后崩，哭泣过哀，遂死。

棺中生妇

魏时，太原发冢破棺，棺中有一生妇人。将出与语，生人也。送之京师，问其本事，不知也。视其冢上树木，可三十岁。不知此妇人三十岁常生于地中耶？将一朝欻生，偶与发冢者会也？

杜锡婢

晋世杜锡，字世嘏，家葬而婢误不得出。后十余年，开冢祔葬①，而婢尚生，云："其始如瞑目，有顷渐觉。"问之，自谓当一再宿耳。初婢埋时，年十五六。及开冢后，姿质如故。更生十五六年，嫁之有子。

【注释】

①祔（fù）葬：合葬。

冯贵人

汉桓帝冯贵人病亡。灵帝时，有盗贼发冢，三十余年，颜色如故，但肉小冷。群贼共奸通之，至斗争相杀，然后事觉。后窦太后家被诛，欲以冯贵人配食①。下邳陈公达议，以贵人虽是先帝所幸，尸体秽污，不宜配至尊。乃以窦太后配食。

【注释】

①配食：配享，祔祭。

广陵大冢

吴孙休时，戍将于广陵掘诸冢，取版以治城，所坏甚多。复发一大冢，内有重阁，户扇皆枢转，可开闭。四周为徼道①通车，其高可以乘马。又铸铜人数十，长五尺，皆大冠朱衣，执剑侍列灵坐。皆刻铜人背后石壁，言殿中将军，或言侍郎、常侍，似公侯之冢。破其棺，棺中有人，发已斑白，衣冠鲜明，面体如生人。棺中云母厚尺许，以白玉璧三十枚藉尸。兵人辈共举出死人，以倚冢壁。有一玉，长尺许，形似冬瓜，从死人怀中透出堕地。两耳及孔鼻中，皆有黄金，如枣许大。

【注释】

①微道：巡逻警戒的道路。

栾书冢白狐

汉广川王好发冢。发栾书冢，其棺枢盟器悉毁烂无余，唯有一白狐，见人惊走。左右逐之，不得，戟伤其左足。是夕，王梦一丈夫，须眉尽白，来谓王曰："何故伤吾左足？"乃以杖叩王左足。王觉肿痛，即生疮，至死不差。

卷十六

疫鬼

昔颛顼氏有三子，死而为疫鬼：一居江水，为疟鬼；一居若水，为魍魉鬼；一居人宫室，善惊人小儿，为小鬼。于是正岁命方相氏，帅肆傩以驱疫鬼。

挽歌

挽歌者，丧家之乐；执绋者，相和之声也。挽歌辞有《薤露》《蒿里》二章，汉田横门人作。横自杀，门人伤之，悲歌。言人如薤上露，易晞灭。亦谓人死精魂归于蒿里。故有二章。

阮瞻与鬼辩无鬼论

阮瞻，字千里，素执无鬼论，物莫能难。每自谓此理足以辨正幽明。忽有客通名诣瞻，寒温①毕，聊谈名理。客甚有才辨。瞻与之言良久，及鬼神之事，反复甚苦。客遂屈，乃作色曰："鬼神古今圣贤所共传，君何得独言无？即仆便是鬼。"于是变为异形，须臾消灭。瞻默然，意色太恶。岁余，病卒。

【注释】

①寒温：寒暄，问候冷暖。

黑衣白袷客

吴兴施续，为寻阳督，能言论。有门生，亦有理意，常秉无鬼论。忽有一黑衣白袷客来，与共语，遂及鬼神。移日，客辞屈，乃曰："君辞巧，理不足。仆即是鬼，何以云无？"问："鬼何以来？"答曰："受使来取君，期尽明日食时。"门生请乞酸苦。鬼问："有人似君者否？"门生云："施续帐下都督，与仆相似。"便与俱往，与都督对坐。鬼手中出一铁凿，可尺余，安着都督头，便举椎打之。都督云："头觉微痛。"向来转剧，食顷便亡。

蒋济儿托梦于母

蒋济，字子通，楚国平阿人也。仕魏，为领军将军。其妇梦见亡儿涕泣曰："死生异路。我生时为卿相子孙，今在地下为泰山伍伯①，憔悴困苦，不可复言。今太庙西讴士②孙阿，见召为泰山令，愿母为白侯③，属阿，令转我得乐处。"言讫，母忽然惊寤。明日以白济。济曰："梦为虚耳，不足怪也。"日暮，复梦曰："我来迎新君，止在庙下。未发之顷，暂得来归。新君明日日中当发，临发多事，不复得归。永辞于此。侯气强，难感悟，故自诉于母。愿重启侯，何惜不一试验之？"遂道阿之形状，言甚备悉。天明，母重启济："虽云梦不足怪，此何太适适④！亦何惜不一验之？"济乃遣人诣太庙下，推问孙阿，果得之，形状证验，悉如儿言。济涕泣曰："几负吾儿！"于是乃见孙阿，具语其事。阿不惧当死，而喜得为泰山令，惟恐济言不信也，曰："若如节下⑤言，阿之愿也。不知贤子欲得何职？"济曰："随地下乐者与之。"阿曰："辄当奉教。"乃厚赏之。言讫，遣还。济欲速知其验，从领军门至庙下，十步安一人，以传消息。辰时传阿心痛，巳时传阿剧；日中传阿亡。济曰："虽哀吾儿之不幸，且喜亡者有知。"后月余，儿复来，语母曰："已得转为录事矣。"

【注释】

①伍伯：门卒差役，掌管开路、行杖等事。此为鬼职。

②讴士：唱赞之人。

③侯：指蒋济，他当时为昌陵亭侯。

④适（dí）适：通"的的"。清楚，明确。

⑤节下：对将领的尊称。

孤竹君棺

汉不其县有孤竹城，古孤竹君之国也。灵帝光和元年，辽西人见辽水中有浮棺，欲斫破之。棺中人语曰："我是伯夷之弟，孤竹君也。海水坏我棺椁，是以漂流。汝斫我何为？"人惧，不敢斫，因为立庙祠祀。吏民有欲发视者，皆无病而死。

温序伏剑

温序，字公次，太原祁人也。任护军校尉。行部至陇西，为隗嚣将所劫，欲生降之。序大怒，以节挝杀人。贼趋欲杀序，荀宇止之曰："义士欲死节。"赐剑，令自裁。序受剑，衔须着口中，叹曰："无令须污土。"遂伏剑死。始祖怜之，送葬到洛阳城旁，为筑冢。长子寿，为邹平侯相，梦序告之曰"久客思乡。"寿即弃官，上书乞骸骨归葬，帝许之。

文颖移棺

汉南阳文颖，字叔良，建安中为甘陵府丞。过界止宿，夜三鼓时，梦见一人跪前曰："昔我先人葬我于此，水来湍墓，棺木溺，渍水处半，然无以自温。闻君在此，故来相依。欲屈明日暂住须臾，幸为相迁高燥处。"鬼披衣示颖，而皆沾湿。颖心怆然，即寤。语诸左右，曰："梦为虚耳，亦何足怪？"颖乃还眠。向寐复梦见，谓颖曰："我以穷苦告君，奈何不相愍悼乎？"颖梦中问曰："子为谁？"对曰："吾本赵人，今属汪芒氏之神。"颖曰："子棺今何所在？"对曰："近在君帐北十数步，水侧枯杨树下，即是吾也。天将明，不复得见，君必念之。"颖答曰："喏。"忽然便寤。

天明可发，颖曰："虽云梦不足怪，此何太适。"左右曰："亦何惜须臾，不验之耶？"颖即起，率十数人将导顺水上，果得一枯杨，曰："是矣。"掘其下，未几，果得棺。棺甚朽坏，半没水中。颖谓左右曰："向闻于人，谓之虚矣。世俗所传，不可无验。"为移其棺，葬之而去。

苏娥冤

汉九江何敞，为交州刺史，行部到苍梧郡高安县，暮宿鹄奔亭。夜犹未半，有一女从楼下出，呼曰："妾姓苏，名娥，字始珠，本居广信县，修里人。早失父母，又无兄弟，嫁与同县施氏。薄命夫死，有杂缯帛百二十匹，及婢一人，名致富。妾孤穷羸弱，不能自振，欲之旁县卖缯。从同县男子王伯赁牛车一乘，直钱万二千，载妾并缯，令致富执辔，乃以前年四月十日，到此亭外。于时日已向暮，行人断绝，不敢复进，因即留止。致富暴得腹痛，妾之亭长舍乞浆取火。亭长龚寿操戈持戟，来至车旁，问妾曰：'夫人从何所来？车上所载何物？丈夫安在？何故独行？'妾应曰：'何劳问之？'寿因持妾臂曰：'少年爱有色，冀可乐也。'妾惧怖不从。寿即持刀刺胁下，一创立死。又刺致富，亦死。寿掘楼下合埋，妾在下，婢在上。取财物去。杀牛烧车，车釭①及牛骨，贮亭东空井中。妾既冤死，痛感皇天，无所告诉，故来自归于明使君。"敞曰："今欲发出汝尸，以何为验？"女曰："妾上下着白衣，青丝履，犹未朽也。愿访乡里，以骸骨归死夫。"掘之果然。敞乃驰还，遣吏捕捉，拷问具服。下广信县验问，与娥语合。寿父母兄弟，悉捕系狱。敞表寿："常律杀人，不至族诛。然寿为恶首，隐密数年，王法自所不免。令鬼神诉者，千载无一。请皆斩之，以明鬼神，以助阴诛。"上报听之。

【注释】

①釭（gāng）：车毂中穿轴的圆孔，以金属镶里。

曹公船

濡须口有大船，船覆在水中，水小时，便出见。长老云："是曹公①船。"尝有渔人夜宿其旁，以船系之，但闻筝笛弦歌之音，又香气非常。渔人始得眠，梦人驱遣云："勿近官妓！"相传云曹公载妓船覆于此，至今在焉。

【注释】

①曹公：指三国曹操。

夏侯恺

夏侯恺，字万仁，因病死。宗人儿苟奴，素见鬼。见恺数归，欲取马，并病其妻，着平上帻，单衣，入坐生时西壁大床，就人觅茶饮。

诸仲务女

诸仲务一女显姨，嫁为米元宗妻，产亡于家。俗间产亡者，以墨点面。其母不忍。仲务密自点之，无人见者。元宗为始新县丞，梦其妻来上床，分明见新白妆面上有黑点。

王昭

晋世新蔡王昭，平犊牛在厅事上，夜，无故自入斋室中，触壁而出。后又数闻呼噪攻击之声，四面而来。昭乃聚众，设弓弩战斗之备。指声弓弩俱发，而鬼应声接矢数枚，皆倒入土中。

鬼工鼓琵琶

吴赤乌三年，句章①民杨度至余姚。夜行，有一年少持琵琶求寄载，度受之。鼓琵琶数十曲。曲毕，乃吐舌擘目，以怖度而去。复行二十里许，又见一老父，自云姓王名戒。因复载之，谓曰："鬼工鼓琵琶，甚哀。"戒曰："我亦能鼓。"即是向鬼。复擘眼吐舌，度怖几死。

【注释】

①句（gōu）章：古县名，位于今浙江余姚。

秦巨伯杀孙

琅邪秦巨伯，年六十。尝夜行饮酒，道经蓬山庙，忽见其两孙迎之。扶持百余步，便捉伯颈着地，骂："老奴！汝某日捶我，我今当杀汝。"伯思惟某时信捶此孙。伯乃佯死，乃置伯去。伯归家，欲治两孙。两孙惊惋，叩头言："为子孙宁可有此？恐是鬼魅，乞更试之。"伯意悟。数日，乃诈醉，行此庙间。复见两孙来，扶持伯。伯乃急持，鬼动作不得。达家，乃是两木人也。伯着火炙之，腹背俱焦坼。出着庭中，夜皆亡去。伯恨不得杀之。后月余，又佯酒醉夜行，怀刃以去，家不知也。极夜不还，其孙恐又为此鬼所困，乃俱往迎伯。伯竟刺杀之。

鬼酤醉于林

汉建武元年，东莱人姓池，家常作酒。一日见三奇客，共持面饭至，索其酒饮，饮竟而去。顷之，有人来，云见三鬼酤醉于林中。

钱小小

吴先主杀武卫兵钱小小，形见大街，顾借赁人吴永，使永送书与街南庙，借木马二匹。以酒噀①之，皆成好马，鞍勒俱全。

宋定伯捉鬼

南阳宋定伯，年少时，夜行逢鬼。问之，鬼言："我是鬼。"鬼问："汝复谁？"定伯诳之，言："我亦鬼。"鬼问："欲至何所？"答曰："欲至宛市。"鬼言："我亦欲至宛市。"遂行数里。鬼言："步行太迟，可共递相担，何如？"定伯曰："大善。"鬼便先担定伯数里。鬼言："卿太重，将非鬼也？"定伯言："我新鬼，故身重耳。"定伯因复担鬼，鬼略无重。如是再三，定伯复言："我新鬼，不知有何所畏忌？"鬼答言："惟不喜人唾。"于是共行。道遇水，定伯令鬼先渡，听之，了然无声音。定伯自渡，漕漼①作声。鬼复言："何以有声？"定伯曰："新死，不习渡水故耳。勿怪吾也。"行欲至宛市，定伯便担鬼着肩上，急执之。鬼大呼，声咋咋然，索下。不复听之，径至宛市中，下着地，化为一羊，便卖之。恐其变化，唾之，得钱千五百乃去。当时石崇有言："定伯卖鬼，得钱千五。"

【注释】

①漕漼（cuǐ）：象声词，形容水声。

夫差女紫玉

吴王夫差小女，名曰紫玉，年十八，才貌俱美。童子韩重，年十九，有道术。女悦之，私交信问，许为之妻。重学于齐、鲁之间。临去，属其父母使求婚。王怒，不与女。玉结气死，葬阊门之外。三年重归，诘其父母。父母曰："王大怒，玉结气死，已葬矣。"重哭泣哀恸，具牲币，往吊于墓前。玉魂从墓出，见重，流涕谓曰："昔尔行之后，令二亲从王相求，度必克从大愿。不图别后，遭命奈何！"玉乃左顾宛颈而歌曰："南山有鸟，北山张罗。鸟既高飞，罗将奈何！意欲从君，谗言孔多。悲结生疾，没命黄垆①。命之不造，冤如之何！""羽族之长，名为凤凰。一日失雄，三年感伤。虽有众鸟，不为匹双。故见鄙姿，逢君辉光。身远心近，何当暂忘？"歌毕，歔欷流涕，要重还冢。重曰："死生异路，惧有尤愆，不敢承命。"玉曰："死生异路，吾亦知之，然今一别，永无后期。子将畏我为鬼而祸子乎？欲诚所奉，宁不相信？"重感其言，送之还冢。玉与之饮燕，留三日三夜，尽夫妇之礼。临出，取径寸明珠以送重，曰："既毁其名，又绝其愿，复何言哉！时节自爱。若至吾家，致敬大王。"重既出，遂诣王，自说其事。王大怒曰："吾女既死，而重造讹言，以玷秽亡灵！此不过发冢取物，托以鬼神。"趣收重。重走脱，至玉墓所，诉之。玉曰："无忧，今归白王。"王妆梳，忽见玉，惊愕悲喜，问曰："尔缘何生？"玉跪而言曰："昔诸生韩重来求玉，大王不许。玉名毁义绝，自致身亡。重从远还，闻玉已死，故赍牲币，诣冢吊唁。感其笃终②，辄与相见，因以珠遗之。不为发冢，愿勿推治。"夫人闻之，出而抱之。玉如烟然。

【注释】

①黄垆：黄泉。

②笃终：古代送葬的礼制。

驸马都尉

陇西辛道度者，游学至雍州城四五里，比见一大宅，有青衣女子在门。度诣门下求飧。女子入告秦女，女命召入。度趋入阁中，秦女于西榻而坐。度称姓名，叙起居。既毕，命东榻而坐，即治饮馔。食讫，女谓度曰："我秦闵王女，出聘曹国，不幸无夫而亡。亡来已二十三年，独居此宅。今日君来，愿为夫妇。"经三宿三日后，女即自言曰："君是生人，我鬼也。共君宿契，此会可三宵，不可久居，当有祸矣。然兹信宿，未悉绸缪，既已分飞，将何表信于郎？"即命取床后盒子开之，取金枕一枚，与度为信。乃分袂泣别，即遣青衣送出门外。未逾数步，不见舍宇，惟有一冢。度当时荒忙出走，视其金枕在怀，乃无异变。寻至秦国，以枕于市货之。恰遇秦妃东游，亲见度卖金枕，疑而索看，诘度何处得来。度具以告。妃闻，悲泣不能自胜，然尚疑耳。乃遣人发冢，启枢视之，原葬悉在，唯不见枕。解体看之，交情宛若。秦妃始信之。叹曰："我女大圣，死经二十三年，犹能与生人交往，此是我真女婿也。"遂封度为驸马都尉，赐金帛车马，令还本国。因此以来，后人名女婿为"驸马"。今之国婿，亦为驸马矣。

汉谈生鬼妇生儿

汉谈生者，年四十，无妇，常感激读《诗经》。夜半，有女子年可十五六，姿颜服饰，天下无双，来就生为夫妇。乃言曰："我与人不同，勿以火照我也。三年之后，方可照耳。"与为夫妇。生一儿，已二岁，不能忍，夜伺其寝后，盗照视之。其腰已上，生肉如人，腰已下，但有枯骨。妇觉，遂言曰："君负我！我垂生矣，何不能忍一岁而竟相照也？"生辞谢。涕泣不可复止，云："与君虽大义永离，然顾念我儿，若贫不能自偕活者，暂随我去，方遗君物。"生随之去，入华堂室宇，器物不凡。以一珠袍与之，曰："可以自给。"裂取生衣裾，留之而去。后生持袍诣市，睢阳王家买之，得钱千万。王识之曰："是我女袍，那得在市？此必发冢。"乃取拷之。生具以实对，王犹不信。乃视女冢，冢完如故。发视之，棺盖下果得衣裾。呼其儿视，正类王女。王乃信之，即召谈生，复赐遗之，以为女婿，表其儿为郎中。

崔少府墓

卢充者，范阳人。家西三十里，有崔少府墓。充年二十，先冬至一日，出宅西猎戏。见一獐，举弓而射，中之。獐倒复起，充因逐之，不觉远。忽见道北一里许，高门，瓦屋四周，有如府舍，不复见獐。门中一铃下唱："客前。"充问："此何府也？"答曰："少府府也。"充曰："我衣恶，那得见少府？"即有一人提一襆①新衣，曰："府君以此遗郎。"充便着讫，进见少府，展姓名。酒炙数行，谓充曰："尊府君不以仆门鄙陋，近得书，为君索小女婚，故相迎耳。"便以书示充。充父亡时虽小，然已识父手迹，即欷歔，无复辞免。便敕内："卢郎已来，可令女郎妆严②。"且语充云："君可就东廊。"及至黄昏，内白："女郎妆严已毕。"充既至东廊，女已下车，立席头，却共拜。时为三日，给食。三日毕，崔谓充曰："君可归矣。女有娠相，若生男，当以相还，无相疑；生女，当留自养。"敕外严车送客。充便辞出。崔送至中门，执手涕零。出门，见一犊车，驾青衣，又见本所着衣及弓箭故在门外。寻传教将一人提襆衣与充，相问曰："姻缘始尔，别甚怅恨。今复致衣一袭，被褥自副。"充上车，去如电逝，须臾至家。家人相见悲喜。推问，知崔是亡人而入其墓，追以懊惋。别后四年，三月三日，充临水戏，忽见水旁有二犊车，乍沉乍浮，既而近岸，同坐皆见。而充往开车后户，见崔氏女与三岁男共载。充见之忻然，欲捉其手。女举手指后车曰："府君见人。"即见少府。充往问讯。女抱儿还充，又与金碗，并赠诗曰："煌煌灵芝质，光丽何猗猗。华艳当时显，嘉异表神奇。含英未及秀，中夏罹霜萎。荣耀长幽灭，世路永无施。不悟阴阳运，哲人忽来仪。会浅离别速，皆由灵与祇。何以赠余亲？金碗可颐儿。

恩爱从此别，断肠伤肝脾。"充取儿、碗及诗，忽然不见二车处。充将儿还，四坐谓是鬼魅，佥③遥唾之，形如故。问儿："谁是汝父？"儿径就充怀。众初怪恶，传省其诗，慨然叹死生之玄通也。充后乘车入市卖碗，高举其价，不欲速售，冀有识。欻有一老婢识此，还白大家曰："市中见一人乘车，卖崔氏女郎棺中碗。"大家即崔氏亲姨母也，遣儿视之，果如其婢言。上车，叙姓名，语充曰："昔我姨嫁少府，生女，未出而亡。家亲痛之，赠一金碗，着棺中。可说得碗本末。"充以事对。此儿亦为之悲咽，赍还白母。母即令诣充家，迎儿视之，诸亲悉集。儿有崔氏之状，又复似充貌。儿、碗俱验，姨母曰："我外甥三月末间产。父曰：'春暖温也，愿休强也。'即字温休。温休者，盖幽婚也，其兆先彰矣。"儿遂成令器，历郡守二千石，子孙冠盖，相承至今。其后植，字子幹，有名天下。

【注释】

①襆（fú）：被单，巾帕。

②妆严：梳妆。

③佥（qiān）：都。

汝阳鬼魅

后汉时，汝南汝阳西门亭有鬼魅。宾客止宿，辄有死亡。其厉厌者，皆亡发失精。寻问其故，云："先时颇已有怪物。其后郡侍奉掾宜禄郑奇来，去亭六七里，有一端正妇人，乞寄载。奇初难之，然后上车。入亭，趋至楼下。亭卒白：'楼不可上。'奇云：'吾不恐也。'时亦昏冥，遂上楼，与妇人栖宿。未明发去。亭卒上楼扫除，见一死妇，大惊，走白亭长。亭长击鼓会诸庐吏，共集诊之。乃亭西北八里吴氏妇，新亡，夜临殡火灭，及火至，失之。其家即持去。奇发行数里，腹痛，到南顿利阳亭加剧，物故。楼遂无敢复上。"

钟繇斫好妇

颍川钟繇，字元常，尝数月不朝会，意性异常。或问其故，云："常有好妇来，美丽非凡。"问者曰："必是鬼物，可杀之。"妇人后往，不即前，止户外。繇问；"何以？"曰："公有相杀意。"繇曰："无此。"勤勤呼之，乃入。繇意恨，有不忍之，然犹斫之，伤髀。妇人即出，以新绵拭，血竟路。明日，使人寻迹之，至一大冢，木中有好妇人，形体如生人，着白练衫，丹绣裲裆①，伤左髀，以裲裆中绵拭血。

【注释】

①裲裆（liǎng dāng）：古代指背心。

卷十七

张汉直

陈国张汉直，到南阳，从京兆尹延叔坚学《左氏传》。行后数月，鬼物持其妹，为之扬言曰："我病死，丧在陌上，常苦饥寒。操二三量不借[①]，挂屋后楮上；傅子方送我五百钱，在北墉下：皆忘取之。又买李幼一头牛，本券在书箧中。"往索取之，悉如其言。妇尚不知有此，妹新从婿家来，非其所及。家人哀伤，益以为审。父母诸弟衰绖[②]到来迎丧。去舍数里，遇汉直与诸生十余人相追。汉直顾见家人，怪其如此。家见汉直，谓其鬼也，怅惘良久。汉直乃前为父拜，说其本末，且悲且喜。凡所闻见，若此非一，得知妖物之为。

【注释】

①不借：草鞋。

②衰绖（cuī dié）：穿丧服。

贞节先生

汉陈留外黄范丹，字史云，少为尉从佐使，檄谒督邮。

丹有志节，自恚为厮役小吏，乃于陈留大泽中杀所乘马，捐弃官帻，诈逢劫者。有神下其家曰："我，史云也，为劫人所杀。疾取我衣于陈留大泽中。"家取得一帻。丹遂之南郡，转入三辅，从英贤游学，十三年乃归，家人不复识焉。陈留人高其志行，及没，号曰贞节先生。

费季

吴人费季，久客于楚，时道多劫，妻常忧之。季与同辈旅宿庐山下，各相问出家几时。季曰："吾去家已数年矣。临来与妻别，就求金钗以行，欲观其志，当与吾否耳。得钗，乃以着户楣上。临发，失与道，此钗故当在户上也。"尔夕，其妻梦季曰："吾行遇盗，死已二年。若不信吾言，吾行时取汝钗，遂不以行，留在户楣上，可往取之。"妻觉，揣钗得之，家遂发丧。后一年余，季乃归还。

怪扮虞定国

徐姚虞定国，有好仪容，同县苏氏女，亦有美色。定国常见，悦之。后见定国来，主人留宿。中夜，告苏公曰："贤女令色，意甚钦之。此夕能令暂出否？"主人以其乡里贵人，便令女出从之。往来渐数，语苏公云："无以相报。若有官事，某为君任之。"主人喜。自尔后，有役召事，往造定国。定国大惊，曰："都未尝面命，何由便尔？此必有异。"具说之。定国曰："仆宁肯请人之父而淫人之女？若复见来，便当斫之。"后果得怪。

朱诞射小儿化蝉

吴孙皓世，淮南内史朱诞，字永长，为建安太守。诞给使妻有鬼病，其夫疑之为奸。后出行，密穿壁隙窥之。正见妻在机中织，遥瞻桑树上，向之言笑。给使仰视树上，有一年少人，可十四五，衣青衿袖，青幧头①。给使以为信人也，张弩射之。化为鸣蝉，其大如箕，翔然飞去。妻亦应声惊曰："噫！人射汝。"给使怪其故。后久时，给使见二小儿在陌上共语，曰："何以不复见汝？"其一即树上小儿也，答曰："前不遇，为人所射，病疮积时。"彼儿曰："今何如？"曰："赖朱府君梁上膏以傅之，得愈。"给使白诞曰："人盗君膏药，颇知之否？"诞曰："吾膏久致梁上，人安得盗之？"给使曰："不然。府君视之。"诞殊不信。试为视之，封题如故。诞曰："小人故妄言，膏自如故。"给使曰："试开之。"则膏去半。为掊②刮，见有趾迹。诞因大惊，乃详问之，具道本末。

【注释】

①幧（qiāo）头：古代男子束发的头巾。

②掊（póu）：挖掘。

倪彦思

　　吴时，嘉兴倪彦思，居县西埏里。忽见鬼魅入其家，与人语，饮食如人，惟不见形。彦思奴婢有窃骂大家者，云："今当以语。"彦思治之，无敢詈之者。彦思有小妻，魅从求之，彦思乃迎道士逐之。酒肴既设，魅乃取厕中草粪，布着其上。道士便盛击鼓，召请诸神。魅乃取伏虎①，于神座上吹作角声音。有顷，道士忽觉背上冷，惊起解衣，乃伏虎也。于是道士罢去。彦思夜于被中窃与妪语，共患此魅。魅即屋梁上谓彦思曰："汝与妇道吾，吾今当截汝屋梁。"即隆隆有声。彦思惧梁断，取火照视，魅即灭火，截梁声愈急。彦思惧屋坏，大小悉遣出。更取火，视梁如故。魅大笑，问彦思："复道吾否？"郡中典农闻之，曰："此神正当是狸物耳。"魅即往谓典农曰："汝取官若干百斛谷，藏着某处。为吏污秽，而敢论吾！今当白于官，将人取汝所盗谷。"典农大怖而谢之。自后无敢道者。三年后去，不知所在。

【注释】

　　①伏虎：便器。也称"虎子"。

顿丘魅

　　魏黄初中，顿丘界有人骑马夜行，见道中有一物，大如兔，两眼如镜，跳跃马前，令不得前。人遂惊惧，堕马。魅便就地捉之，惊怖暴死。良久得苏，苏已失魅，不知所在。乃更上马，前行数里，逢一人，相问讯已，因说："向者事变如此，今相得为伴，甚欢。"人曰："我独行，得君为伴，快不可言。君马行疾，且前，我在后相随也。"遂共行。语曰："向者物何如，乃令君怖惧耶？"对曰："其身如兔，两眼如镜，形甚可恶。"伴曰："试顾视我耶？"人顾视之，犹复是也。魅便跳上马，人遂堕地，怖死。家人怪马独归，即行推索，乃于道边得之。宿昔乃苏，说状如是。

度朔君

袁绍，字本初，在冀州。有神出河东，号度朔君，百姓共为立庙。庙有主簿大福。陈留蔡庸为清河太守，过谒庙。有子名道，亡已三十年。度朔君为庸设酒，曰："贵子昔来，欲相见。"须臾子来。度朔君自云父祖昔作兖州。有一士姓苏，母病往祷。主簿云："君逢天士留待。"闻西北有鼓声而君至。须臾，一客来，着皂单衣，头上五色毛，长数寸。去后，复一人着白布单衣，高冠，冠似鱼头，谓君曰："昔临庐山共食白李，忆之未久，已三千岁。日月易得，使人怅然。"去后，君谓士曰："先来南海君也。"士是书生，君明通《五经》，善《礼记》，与士论礼，士不如也。士乞救母病，君曰："卿所居东有故桥，人坏之。此桥所行，卿母犯之。能复桥，便差。"曹公讨袁谭，使人从庙换千匹绢，君不与。曹公遣张郃毁庙。未至百里，君遣兵数万，方道而来。郃未达二里，云雾绕郃军，不知庙处。君语主簿："曹公气盛，宜避之。"后苏并邻家有神下，识君声，云："昔移入湖，阔绝三年。"乃遣人与曹公相闻："欲修故庙，地衰不中居，欲寄住。"公曰："甚善。"治城北楼以居之。数日，曹公猎，得物大如麑①，大足，色白如雪，毛软滑可爱。公以摩面，莫能名也。夜闻楼上哭云："小儿出行不还。"公拊掌曰："此子言真衰也。"晨将数百犬，绕楼下。犬得气，冲突内外，见有物大如驴，自投楼下。犬杀之。庙神乃绝。

【注释】

①麑（ní）：幼鹿。

竹中人

临川陈臣，家大富。永初元年，臣在斋中坐。其宅内有一町①筋竹，白日忽见一人，长丈余，面如方相，从竹中出，径语陈臣："我在家多年，汝不知。今辞汝去，当令汝知之。"去一月许日，家大失火，奴婢顿死。一年中，便大贫。

【注释】

①町（tǐng）：田亩。也是古代地积单位。

釜中出白头公

东莱有一家，姓陈，家百余口。朝炊，釜不沸。举甑看之，忽有一白头公从釜中出。便诣师卜。卜云："此大怪，应灭门。便归大作械，械成，使置门壁下，坚闭门在内。有马骑麾盖来扣门者，慎勿应。"乃归，合手伐得百余械，置门屋下。果有人至，呼不应。主帅大怒，令缘门入。从人窥门内，见大小械百余，出门还说如此。帅大惶惋，语左右云："教速来，不速来，遂无一人当去，何以解罪也？从此北行，可八十里，有一百三口，取以当之。"后十日，此家死亡都尽。此家亦姓陈云。

服留鸟

晋惠帝永康元年，京师得异鸟，莫能名。赵王伦使人持出，周旋城邑匝以问人。即日，宫西有一小儿见之，遂自言曰："服留鸟。"持者还白伦。伦使更求，又见之。乃将入宫，密笼鸟，并闭小儿于户中。明日往视，悉不复见。

东望山甘子

南康郡南东望山，有三人入山，见山顶有果树，众果毕植，行列整齐，如人行。甘子正熟，三人共食，致饱，乃怀二枚，欲出示人。闻空中语云："催放双甘，乃听汝去。"

蛇入脑

秦瞻居曲阿彭皇野，忽有物如蛇，突入其脑中。蛇来，先闻臭气，便于鼻中入，盘其头中，觉哄哄，仅闻其脑间食声呃呃，数日而出去，寻复来，取手巾缚鼻口，亦被入。积年无他病，唯患头重。

卷十八

饭臿作怪

魏景初中，咸阳县吏王臣家有怪，无故闻拍手相呼，伺无所见。其母夜作倦，就枕寝息。有顷，复闻灶下有呼声曰："文约，何以不来？"头下枕应曰："我见枕，不能往。汝可来就我饮。"至明，乃饭臿[1]也。即聚烧之，其怪遂绝。

【注释】

　①饭臿（chā）：一种盛饭用具。

细腰

魏郡张奋者，家本巨富，忽衰老财散，遂卖宅与程应。应入居，举家病疾，转卖邻人何文。文先独持大刀，暮入北堂中梁上，至三更竟，忽有一人，长丈余，高冠黄衣，升堂呼曰："细腰。"细腰应喏。曰："舍中何以有生人气也？"答曰："无之。"便去。须臾，有一高冠青衣者；次之，又有高冠白衣者。问答并如前。及将曙，文乃下堂中，如向法呼之，问曰："黄衣者为谁？"曰："金也。在堂西壁下。""青衣者为谁？"曰："钱也。在堂前井边五步。""白衣者为谁？"曰："银也。在墙东北角柱下。""汝复为谁？"曰：
"我，杵也。今在灶下。"及晓，文按次掘之，得金、银五百
斤，钱千万贯。仍取杵焚之。由此大富，宅遂清宁。

怒特祠梓树

秦时，武都故道有怒特祠，祠上生梓树。秦文公二十七
年，使人伐之，辄有大风雨。树创随合，经日不断。文公
乃益发卒，持斧者至四十人，犹不断。士疲还息。其一人
伤足，不能行，卧树下，闻鬼语树神曰："劳乎攻战？"其
一人曰："何足为劳。"又曰："秦公将必不休，如之何？"答
曰："秦公其如予何。"又曰："秦若使三百人被发，以朱丝绕
树，赭衣灰坌①伐汝，汝得不困耶？"神寂无言。明日，病
人语所闻。公于是令人皆衣赭，随斫创坌以灰，树断，中有
一青牛出。走入丰水中。其后青牛出丰水中，使骑击之，不
胜。有骑堕地复上，髻解被发，牛畏之，乃入水，不敢出。
故秦自是置旄头骑。

【注释】

①灰坌（bèn）：尘土飞扬。

树神黄祖

庐江龙舒县陆亭，流水边有一大树，高数十丈，常有
黄鸟数千枚巢其上。时久旱，长老共相谓曰："彼树常有黄
气，或有神灵，可以祈雨。"因以酒脯往。亭中有寡妇李宪

者，夜起，室中忽见一妇人，着绣衣，自称曰："我，树神黄祖也，能兴云雨。以汝性洁，佐汝为生。朝来父老皆欲祈雨，吾已求之于帝，明日日中大雨。"至期果雨，遂为立祠。神谓宪曰："诸卿在此。吾居近水，当致少鲤鱼。"言讫，有鲤鱼数十头，飞集堂下，坐者莫不惊悚。如此岁余，神曰："将有大兵，今辞汝去。"留一玉环，曰："持此可以避难。"后刘表、袁术相攻，龙舒之民皆徙去，唯宪里不被兵。

张辽伐树

魏桂阳太守江夏张辽，字叔高，去鄢陵，家居买田。田中有大树，十余围，枝叶扶疏，盖地数亩，不生谷。遣客伐之。斧数下，有赤汁六七斗出，客惊怖，归白叔高。叔高大怒曰："树老汁赤，如何得怪！"因自严行，复斫之，血大流洒。叔高使先斫其枝，上有一空处，见白头公，可长四五尺，突出，往赴叔高，高以刀逆格之。如此凡杀四五头，并死。左右皆惊怖伏地，叔高神虑怡然如旧。徐熟视，非人非兽，遂伐其木。此所谓"木石之怪，夔、蝄蜽"者乎？是岁，应司空辟侍御史、兖州刺史。以二千石①之尊，过乡里，荐祝祖考，白日绣衣荣羡，竟无他怪。

【注释】

　　①二千石（dàn）：这是郡守的俸禄，用以代称郡守。

陆敬叔烹食彭侯

吴先主时，陆敬叔为建安太守，使人伐大樟树。下数斧，忽有血出。树断，有物人面狗身，从树中出。敬叔曰："此名'彭侯'。"乃烹食之，其味如狗。《白泽图》曰："木之精名'彭侯'，状如黑狗，无尾，可烹食之。"

船自飞下水

吴时，有梓树巨围，叶广丈余，垂柯数亩。吴王伐树作船，使童男女三十人牵挽之。船自飞下水，男女皆溺死。至今潭中时有唱唤督进之音也。

董仲舒遇老狸

董仲舒下帷讲诵，有客来诣，舒知其非常。客又云："欲雨。"舒戏之曰："巢居知风，穴居知雨。卿非狐狸，则是鼷鼠。"客遂化为老狸。

斑狐华表

张华，字茂先，晋惠帝时为司空。于时燕昭王墓前有一斑狐，积年能为变幻。乃变作一书生，欲诣张公。过问墓前华表曰："以我才貌，可得见张司空否？"华表曰："子之妙解，无为不可。但张公智度，恐难笼络，出必遇辱，殆不得返。非但丧子千岁之质，亦当深误老表。"狐不从，乃持刺谒华。华见其总角风流，洁白如玉，举动容止，顾盼生姿，雅重之。于是论及文章，辨校声实，华未尝闻。比复商略三史，探赜百家，谈《老》《庄》之奥区，披《风》《雅》之绝旨，包十圣，贯三才，箴八儒，擿五礼，华无不应声屈滞。乃叹曰："天下岂有此年少！若非鬼魅，则是狐狸。"乃扫榻延留，留人防护。此生乃曰："明公当尊贤容众，嘉善而矜不能。奈何憎人学问！墨子兼爱，其若是耶？"言卒，便求退。华已使人防门，不得出。既而又谓华曰："公门置甲兵栏骑，当是致疑于仆也。将恐天下之人，卷舌而不言；智谋之士，望门而不进。深为明公惜之。"华不应，而使人防御甚严。时丰城令雷焕，字孔章，博物士也。来访华，华以书生白之。孔章曰："若疑之，何不呼猎犬试之？"乃命犬以试，竟无惮色。狐曰："我天生才智，反以为妖，以犬试我，遮莫①千试万虑，其能为患乎？"华闻益怒，曰："此必真妖也。闻魑魅忌狗，所别者数百年物耳。千年老精，不能复别。惟得千年枯木照之，则形立见。"孔章曰："千年神木，何由可得？"华曰："世传燕昭王墓前华表木已经千年。"乃遣人伐华表。使人欲至木所，忽空中有一青衣小儿来，问使曰："君何来也？"使曰："张司空有一少年来谒，多才巧辞，疑是妖魅。使我取华表照之。"青衣曰："老狐不智，不听我言，今日祸已及我，其可逃乎？"乃发声而泣，倏然不见。使乃伐其木，血流，便将木归。燃之以照书生，乃一斑狐。华曰："此二物不值我，千年不可复得。"乃烹之。

①遮莫：任凭。

吴兴老狸

晋时，吴兴一人有二男，田中作时，尝见父来骂詈①，赶打之。儿以告母。母问其父，父大惊，知是鬼魅，便令儿斫之。鬼便寂不复往。父忧，恐儿为鬼所困，便自往看。儿谓是鬼，便杀而埋之。鬼便遂归，作其父形，且语其家："二儿已杀妖矣。"儿暮归，共相庆贺，积年不觉。后有一法师过其家，语二儿云："君尊候有大邪气。"儿以白父，父大怒。儿出以语师，令速去。师遂作声入，父即成大老狸，入床下，遂擒杀之。向所杀者，乃真父也，改殡治服。一儿遂自杀，一儿忿懊亦死。

【注释】

①骂詈（lì）：斥骂。

狸化妇人

句容县麋村民黄审，于田中耕。有一妇人过其田，自畦上度，从东适下而复还。审初谓是人，日日如此，意甚怪之。审因问曰："妇数从何来也？"妇人少住，但笑而不言，便去。审愈疑之。预以长镰，伺其还，未敢斫妇，但斫所随婢。妇化为狸，走去。视婢，乃狸尾耳。审追之不及。后人有见此狸出坑头，掘之，无复尾焉。

承尘狸神

博陵刘伯祖为河东太守，所止承尘上有神，能语，常呼伯祖与语。及京师诏书诰下消息，辄预告伯祖。伯祖问其所食啖，欲得羊肝。乃买羊肝，于前切之，脔随刀不见，尽两羊肝。忽有一老狸，眇眇①在案前。持刀者欲举刀斫之，伯祖呵止，自着承尘上，须臾大笑曰："向者啖羊肝，醉忽失形，与府君相见，大惭愧。"后伯祖当为司隶，神复先语伯祖曰："某月某日，诏书当到。"至期如言。及入司隶府，神随逐在承尘上，辄言省内事。伯祖大恐怖，谓神曰："今职在刺举，若左右贵人闻神在此，因以相害。"神答曰："诚如府君所虑，当相舍去。"遂即无声。

【注释】

①眇（miǎo）眇：模糊不清。

狐称阿紫

后汉建安中，沛国郡陈羡为西海都尉。其部曲王灵孝无故逃去，羡欲杀之。居无何，孝复逃走。羡久不见，囚其妇，妇以实对。羡曰："是必魅将去，当求之。"因将步骑数十，领猎犬，周旋于城外求索，果见孝于空冢中。闻人犬声，怪遂避去。羡使人扶孝以归，其形颇象狐矣，略不复与人相应，但啼呼"阿紫"。阿紫，狐字也。后十余日，乃稍稍了悟，云："狐始来时，于屋曲角鸡栖间，作好妇形，自称'阿紫'，招我。如此非一。忽然便随去，即为妻，暮辄与共还其家，遇狗不觉。"云乐无比也。道士云："此山魅也。"《名山记》曰："狐者，先古之淫妇也，其名曰'阿紫'，化而为狐，故其怪多自称'阿紫'。"

宋大贤斗狐

南阳西郊有一亭，人不可止，止则有祸。邑人宋大贤，以正道自处，尝宿亭楼，夜坐鼓琴，不设兵仗。至夜半时，忽有鬼来，登梯与大贤语，眒目①磋齿，形貌可恶。大贤鼓琴如故，鬼乃去。于市中取死人头来，还语大贤曰："宁可少睡耶？"因以死人头投大贤前。大贤曰："甚佳。吾暮卧无枕，正欲得此。"鬼复去。良久乃还，曰："宁可共手搏耶？"大贤曰："善。"语未竟，鬼在前，大贤便逆捉其腰。鬼但急言"死"。大贤遂杀之。明日视之，乃老狐也。自是亭舍更无妖怪。

【注释】

①眒（chēng）目：瞪眼。

郅伯夷

北部督邮西平郅伯夷，年三十许，大有才决。长沙太守郅若章孙也。日晡①时到亭，敕前导人且止。录事掾白："今尚早，可至前亭。"曰："欲作文书。"便留。吏卒惶怖，言当解去。传云："督邮欲于楼上观望，亟扫除。"须臾便上。未暝，楼镫②阶下复有火。敕云："我思道，不可见火，灭去。"吏知必有变，当用赴照，但藏置壶中。日既暝，整服坐，诵《六甲》《孝经》《易》本讫，卧。有顷，更转东首，以帤巾③结两足，帻冠之，密拔剑解带。夜时，有正黑者四五尺稍高，走至柱屋，因覆伯夷。伯夷持被掩之，足跣脱，几失再三。以剑带击魅脚，呼下火上。照视之，老狐正赤，略无衣毛，持下烧杀。明旦，发楼屋，得所髡④人髻百余。因此遂绝。

【注释】

①晡（bū）：申时，即下午三点到五点的时间。

②镫（dēng）：古代照明用具。

③帤（rú）巾：大巾。

④髡（kūn）：剃去毛发。

皓首书生胡博士

吴中有一书生，皓首，称胡博士，教授诸生。忽复不见。九月初九日，士人相与登山游观，闻讲书声，命仆寻之。见空冢中群狐罗列，见人即走。老狐独不去，乃是皓首书生。

谢鲲捉鹿妖

陈郡谢鲲，谢病去职，避地于豫章。尝行经空亭中夜宿，此亭旧每杀人。夜四更，有一黄衣人呼鲲字云："幼舆，可开户。"鲲澹然无惧色，令申①臂于窗中。于是授腕，鲲即极力而牵之，其臂遂脱，乃还去。明日看，乃鹿臂也，寻血取获。尔后此亭无复妖怪。

【注释】

①申：同"伸"。

猪化女子

晋有一士人，姓王，家在吴郡。还至曲阿，日暮，引船上当大埭①，见埭上有一女子，年十七八，便呼之留宿。至晓，解金铃系其臂，使人随至家，都无女人。因逼猪栏中，见母猪臂有金铃。

【注释】

①埭（dài）：堵水的土堤。

高山君

汉齐人梁文，好道。其家有神祠，建室三四间，座上施皂帐，常在其中，积十数年。后因祀事，帐中忽有人语，自呼"高山君"。大能饮食，治病有验。文奉事甚肃。积数年，得进其帐中。神醉，文乃乞得奉见颜色。谓文曰："授手来。"文纳手，得持其颐，髯须甚长。文渐绕手，卒然引之，而闻作羊声。座中惊起，助文引之，乃袁公路家羊也。

失之七八年，不知所在。杀之，乃绝。

田琰

北平田琰，居母丧，恒处庐。向一期，夜忽入妇室。密怪之，曰："君在毁灭之地，幸可不甘。"琰不听而合。后琰暂入，不与妇语，妇怪无言，并以前事责之。琰知鬼魅，临暮竟未眠，衰服挂庐。须臾，见一白狗，攫衔衰服，因变为人，着而入。琰随后逐之，见犬将升妇床，便打杀之。妇羞愧而死。

沽酒家老狗

司空南阳来季德，停丧在殡，忽然见形，坐祭床上，颜色服饰声气，熟是也。孙儿妇女，以次教戒，事有条贯。鞭扑奴婢，皆得其过。饮食既绝，辞诀而去。家人大小，哀割断绝。如是数年，家益厌苦。其后饮酒过多，醉而形露，但得老狗，便共打杀。因推问之，则里中沽酒家狗也。

黑帻白衣吏

山阳王瑚，字孟琏，为东海兰陵尉。夜半时，辄有黑帻白单衣吏，诣县叩阁，迎之则忽然不见。如是数年。后伺之，见一老狗，黑头白躯犹故，至阁便为人。以白孟琏，杀之乃绝。

李叔坚见怪不怪

桂阳太守李叔坚，为从事。家有犬，人行，家人言当杀之。叔坚曰："犬马喻君子。犬见人行，效之，何伤？"顷之，狗戴叔坚冠走，家大惊。叔坚云："误触冠缨，挂之耳。"狗又于灶前畜火①，家益怔营②。叔坚复云："儿婢皆在田中，狗助畜火，幸可不烦邻里。此有何恶？"数日，狗自暴死，卒无纤芥之异。

【注释】

①畜（xù）火：生火。

②怔营：惶恐。

苍獭媚人

吴郡无锡有上湖大陂。陂吏丁初，天每大雨，辄循堤防。春盛雨，初出行塘。日暮回，顾有一妇人，上下青衣，戴青伞，追后呼："初掾待我。"初时怅然，意欲留俟之。复疑本不见此，今忽有妇人，冒阴雨行，恐必鬼物。初便疾走，顾视妇人，追之亦急。初因急行，走之转远，顾视妇人，乃自投陂中，泛然作声，衣盖飞散。视之，是大苍獭，衣伞皆荷叶也。此獭化为人形，数媚年少者也。

王周南

魏齐王芳正始中，中山王周南为襄邑长。忽有鼠从穴出，在厅事上语曰："王周南，尔以某月某日当死。"周南急往，不应，鼠还穴。后至期复出，更冠帻皂衣而语曰："周南，尔日中当死。"亦不应。鼠复入穴。须臾复出，出复入，转行数语如前。日适中，鼠复曰："周南，尔不应死，我复何道。"言讫，颠蹶而死，即失衣冠所在。就视之，与常鼠无异。

安阳书生

安阳城南有一亭，夜不可宿，宿辄杀人。书生明术数，乃过宿之，亭民曰："此不可宿，前后宿此，未有活者。"书生曰："无苦也。吾自能谐。"遂住廨舍①，乃端坐诵书，良久乃休。夜半后，有一人着皂单衣，来往户外，呼亭主。亭主应诺。"见亭中有人耶？"答曰："向者有一书生在此读书。适休，似未寝。"乃喑嗟②而去。须臾，复有一人冠赤帻者，呼亭主，问答如前，复喑嗟而去。既去寂然。书生知无来者，即起诣向者呼处，效呼亭主。亭主亦应诺。复云："亭中有人耶？"亭主答如前。乃问曰："向黑衣来者谁？"曰："北舍母猪也。"又曰："冠赤帻来者谁？"曰："西舍老雄鸡父也。"曰："汝复谁耶？"曰："我是老蝎也。"于是书生密便诵书至明，不敢寐。天明，亭民来视，惊曰："君何得独活？"书生曰："促索剑来，吾与卿取魅。"乃握剑至昨夜应处，果得老蝎，大如琵琶，毒长数尺。西舍得老雄鸡父，北舍得老母猪。凡杀三物，亭毒遂静，永无灾横。

①廨（xiè）舍：官吏办事的地方。

②暗（yīn）嗟：低声叹息。

汤应除魅

吴时，庐陵郡都亭重屋中常有鬼魅，宿者辄死。自后使官莫敢入亭止宿。时丹阳人汤应者，大有胆武，使至庐陵，便止亭宿。吏启不可，应不听。迸从者还外，唯持一大刀，独处亭中。至三更竟，忽闻有叩阁者。应遥问："是谁？"答云："部郡相闻。"应使进，致词而去。顷间，复有叩阁者如前，曰："府君相闻。"应复使进，身着皂衣。去后，应谓是人，了无疑也。旋又有叩阁者，云："部郡、府君相诣。"应乃疑曰："此夜非时，又部郡、府君不应同行。"知是鬼魅，因持刀迎之。见二人，皆盛衣服，俱进。坐毕，府君者便与应谈。谈未竟，而部郡忽起，至应背后。应乃回顾，以刀逆击，中之。府君下坐走出。应急追，至亭后墙下，及之。斫伤数下，应乃还卧。达曙，将人往寻，见有血迹，皆得之。云称府君者，是一老豨①也；部郡者，是一老狸也。自是遂绝。

【注释】

①豨（xī）：猪。

卷十九

李寄斩蛇

东越闽中有庸岭，高数十里。其西北隙中有大蛇，长七八丈，大十余围，土俗常惧。东治都尉及属城长吏多有死者。祭以牛羊，故不得祸。或与人梦，或下谕巫祝，欲得啖童女年十二三者。都尉令长，并共患之，然气厉不息。共请求人家生婢子，兼有罪家女养之。至八月朝祭，送蛇穴口，蛇出吞啮之。累年如此，已用九女。尔时预复募索，未得其女。将乐县李诞家，有六女，无男。其小女名寄，应募欲行，父母不听。寄曰："父母无相，惟生六女，无有一男，虽有如无。女无缇萦济父母之功，既不能供养，徒费衣食，生无所益，不如早死。卖寄之身，可得少钱，以供父母，岂不善耶？"父母慈怜，终不听去。寄自潜行，不可禁止。寄乃告请好剑及咋蛇犬。至八月朝，便诣庙中坐，怀剑将犬。先将数石米糍，用蜜麨①灌之，以置穴口。蛇便出，头大如囷②，目如二尺镜。闻糍香气，先啖食之。寄便放犬，犬就啮咋，寄从后斫得数创。疮痛急，蛇因踊出，至庭而死。寄入视穴，得其九女髑髅③，悉举出，咤言曰："汝曹怯弱，为蛇所食，甚可哀愍。"于是寄女缓步而归。越王闻之，聘寄女为后，拜其父为将乐令。母及姊皆有赏赐。自是东治无复妖邪之物。其歌谣至今存焉。

【注释】

①蜜麨（chǎo）：炒熟的米粉或面粉拌以蜜糖的食品。

②囷（qūn）：圆形谷仓。

③髑髅（dú lóu）：死人的头骨。

司徒府蛇难

晋武帝咸宁中，魏舒为司徒。府中有二大蛇，长十许丈，居厅事平橑①上。止之数年，而人不知，但怪府中数失小儿及鸡犬之属。后有一蛇夜出，经柱侧，伤于刃，病不能登，于是觉之。发徒数百，攻击移时，然后杀之。视所居，骨骼盈宇之间。于是毁府舍，更立之。

【注释】

①橑（lǎo）：屋椽。

扬州二蛇争讼

汉武帝时，张宽为扬州刺史。先是有二老翁争山地，诣州讼疆界，连年不决。宽视事，复来。宽窥二翁形状非人，令卒持杖戟将入，问："汝何等精？"翁走。宽呵格之，化为二蛇。

鼍妇

荥阳人张福，船行还野水边。夜有一女子，容色甚美，自乘小船来投福，云："日暮畏虎，不敢夜行。"福曰："汝何姓，作此轻行？无笠雨驶，可入船就避雨。"因共相调，遂入就福船寝，以所乘小舟系福船边。三更许，雨晴月照，福视妇人，乃是一大鼍，枕臂而卧。福惊起，欲执之，遽走入水。向小舟，是一枯槎段，长丈余。

丹阳道士

丹阳道士谢非，往石城买冶釜。还，日暮，不及至家。山中庙舍于溪水上，入中宿。大声语曰："吾是天帝使者，停此宿。"犹畏人劫夺其釜，意苦搔搔不安。二更中，有来至庙门者呼曰："何铜！"铜应喏。曰："庙中有人气，是谁？"铜云："有人，言是天帝使者。"少顷便还。须臾，又有来者呼铜，问之如前，铜答如故，复叹息而去。非惊扰不得眠，遂起，呼铜问之："先来者谁？"答言："是水边穴中白鼍。""汝是何等物？"答言："是庙北岩嵌中龟也。"非皆阴识之。天明，便告居人，言："此庙中无神，但是龟、鼍之辈，徒费酒食祀之。急具锸来，共往伐之。"诸人亦颇疑之。于是并会伐掘，皆杀之。遂坏庙绝祀，自后安静。

孔子论五酉

孔子厄于陈，弦歌于馆中。夜有一人，长九尺余，着皂衣高冠，大吒，声动左右。子贡进，问："何人耶？"便提子贡而挟之。子路引出，与战于庭。有顷，未胜。孔子察之，见其甲车间时时开如掌。孔子曰："何不探其甲车，引而奋登？"子路引之，没手仆于地，乃是大鳀鱼①也，长九尺余。孔子曰："此物也，何为来哉？吾闻物老则群精依之，因衰而至。此其来也，岂以吾遇厄绝粮，从者病乎？夫六畜之物，及龟、蛇、鱼、鳖、草、木之属，久者神皆凭依，能为妖怪，故谓之'五酉'。五酉者，五行之方，皆有其物。酉者，老也。物老则为怪，杀之则已，夫何患焉？或者天之未丧斯文，以是系予之命乎？不然，何为至于斯也？"弦歌不辍。子路烹之，其味滋，病者兴。明日遂行。

【注释】

①鳀（tí）鱼：鲇鱼。

鼠妇

豫章有一家，婢在灶下，忽有人长数寸，来灶间壁，婢误以履践之，杀一人。须臾，遂有数百人着衰麻服，持棺迎丧，凶仪皆备。出东门，入园中覆船下。就视之，皆是鼠妇。婢作汤灌杀，遂绝。

千日酒

狄希，中山人也。能造千日酒，饮之千日醉。时有州人姓刘，名玄石，好饮酒，往求之。希曰："我酒发来未定，不敢饮君。"石曰："纵未熟，且与一杯，得否？"希闻此语，不免饮之。复索曰："美哉！可更与之。"希曰："且归，别日当来，只此一杯，可眠千日也。"石别，似有怍色①。至家，醉死。家人不之疑，哭而葬之。经三年，希曰："玄石必应酒醒，宜往问之。"既往石家，语曰："石在家否？"家人皆怪之，曰："玄石亡来，服以阕矣。"希惊曰："酒之美矣，而致醉眠千日，今合醒矣。"乃命其家人凿冢破棺看之，冢上汗气彻天，遂命发冢。方见开目张口，引声而言曰："快哉，醉我也！"因问希曰："尔作何物也，令我一杯大醉，今日方醒！日高几许？"墓上人皆笑之。被石酒气冲入鼻中，亦各醉卧三月。

【注释】

①怍（zuò）色：羞愧的神色。

陈仲举

陈仲举微时，常宿黄申家。申妇方产，有扣申门者，家人咸不知。久久，方闻屋里有人言："宾堂下有人，不可进。"扣门者相告曰："今当从后门往。"其人便往。有顷还，留者问之："是何等？名为何？当与几岁？"往者曰："男也，名为'奴'。当与十五岁。""后应以何死？"答曰："应以兵死。"仲举告其家曰："吾能相，此儿当以兵死。"父母惊之，寸刃不使得执也。至年十五，有置凿于梁上者，其末出。奴以为木也，自下钩之，凿从梁落，陷脑而死。后仲举为豫章太守，故遣吏往饷之申家，并问奴所在。其家以此具告。仲举闻之，叹曰："此谓命也！"

卷二十

病龙雨

晋魏郡亢阳，农夫祷于龙洞，得雨，将祭谢之。孙登见曰："此病龙雨，安能苏禾稼乎？如弗信，请嗅之。"水果腥秽。龙时背生大疽，闻登言，变为一翁，求治，曰："疾瘥，当有报。"不数日，果大雨。见大石中裂开一井，其水湛然。龙盖穿此井以报也。

苏易为虎产子

苏易者，庐陵妇人，善看产，夜忽为虎所取。行六七里，至大圹，厝易置地，蹲而守。见有牝虎当产，不得解，匍匐欲死，辄仰视。易怪之，乃为探出之，有三子。生毕，牝虎负易还，再三送野肉于门内。

玄鹤报恩

哙参养母至孝。曾有玄鹤为弋人所射，穷而归参。参收养，疗治其疮，愈而放之。后鹤夜到门外，参执烛视之，见鹤雌雄双至，各衔明珠，以报参焉。

黄衣童子

汉时弘农杨宝，年九岁时至华阴山北，见一黄雀为鸱枭所搏，坠于树下，为蝼蚁所困。宝见愍之，取归置巾箱中，食以黄花。百余日，毛羽成，朝去暮还。一夕三更，宝读书未卧，有黄衣童子向宝再拜曰："我，西王母使者，使蓬莱，不慎为鸱枭所搏。君仁爱见拯，实感盛德。"乃以白环四枚与宝，曰："令君子孙洁白，位登三事，当如此环。"

随侯珠

随县溠水侧，有断蛇丘。随侯出行，见大蛇被伤中断，疑其灵异，使人以药封之，蛇乃能走，因号其处"断蛇丘"。岁余，蛇衔明珠以报之。珠盈径寸，纯白，而夜有光明，如月之照，可以烛室，故谓之"随侯珠"，亦曰"灵蛇珠"，又曰"明月珠"。丘南有随季良大夫池。

龟钮左顾

孔愉，字敬康，会稽山阴人。元帝时，以讨华轶功封侯。愉少时，尝经行余不亭，见笼龟于路者，愉买之，放于余不溪中。龟中流，左顾者数过。及后以功封余不亭侯，铸印而龟钮左顾，三铸如初。印工以闻，愉乃悟其为龟之报，遂取佩焉。累迁尚书左仆射，赠车骑将军。

古巢老姥

　　古巢一日江水暴涨，寻复故道。港有巨鱼，重万斤，三日乃死。合郡皆食之，一老姥①独不食。忽有老叟曰："此吾子也，不幸罹此祸。汝独不食，吾厚报汝。若东门石龟目赤，城当陷。"姥日往视。有稚子讶之，姥以实告。稚子欺之，以朱傅龟目。姥见，急出城。有青衣童子曰："吾，龙之子。"乃引姥登山，而城陷为湖。

【注释】

　　①姥（mǔ）：指老妇。

蚁王报恩

　　吴富阳县董昭之，尝乘船过钱塘江，中央见有一蚁，着一短芦，走一头回，复向一头，甚惶遽。昭之曰："此畏死也。"欲取着船。船中人骂："此是毒螫物，不可长，我当踏杀之！"昭意甚怜此蚁，因以绳系芦着船。船至岸，蚁得出。其夜，梦一人乌衣，从百许人来谢，云："仆是蚁中之王，不慎堕江，惭君济活。若有急难，当见告语。"历十余年，时所在劫盗，昭之被横录为劫主，系狱余杭。昭之忽思蚁王梦，缓急当告，"今何处告之？"结念之际，同被禁者问之，昭之具以实告。其人曰："但取两三蚁着掌中，语之。"昭之如其言。夜，果梦乌衣人云："可急投余杭山中。

天下既乱，赦令不久也。"于是便觉。蚁啮械已尽，因得出狱，过江投余杭山。旋遇赦，得免。

义犬冢

孙权时，李信纯，襄阳纪南人也。家养一狗，字曰"黑龙"。爱之尤甚，行坐相随，饮馔之间，皆分与食。忽一日，于城外饮酒大醉，归家不及，卧于草中。遇太守郑瑕出猎，见田草深，遣人纵火爇之。信纯卧处，恰当顺风。犬见火来，乃以口拽纯衣，纯亦不动。卧处比有一溪，相去三五十步。犬即奔往，入水湿身，走来卧处周回，以身洒之，获免主人大难。犬运水困乏，致毙于侧。俄尔信纯醒来，见犬已死，遍身毛湿，甚讶其事。睹火踪迹，因尔恸哭。闻于太守。太守悯之曰："犬之报恩甚于人！人不知恩，岂如犬乎！"即命具棺椁衣衾葬之。今纪南有义犬冢，高十余丈。

的尾犬

太兴中，吴民华隆养一快犬，号"的尾"，常将自随。隆后至江边伐荻，为大蛇盘绕，犬奋咋蛇，蛇死。隆僵仆无知，犬彷徨涕泣，走还舟，复反草中。徒伴怪之，随往，见隆闷绝，将归家。犬为不食。比隆复苏，始食。隆愈爱惜，同于亲戚。

蝼蛄

庐陵太守太原庞企，字子及。自言其远祖不知几何世也，坐事系狱，而非其罪，不堪拷掠，自诬服之，及狱将上，有蝼蛄虫行其左右，乃谓之曰："使尔有神，能活我死，不当善乎？"因投饭与之，蝼蛄食饭尽去。顷复来，形体稍大。意每异之，乃复与食。如此去来，至数十日间，其大如豚。及竟报，当行刑，蝼蛄夜掘壁根为大孔，乃破械，从之出去。久时遇赦得活。于是庞氏世世常以四节祠祀之于都衢处。后世稍怠，不能复特为馔，乃投祭祀之余以祀之。至今犹然。

猿母肠断

临川东兴有人入山，得猿子，便将归。猿母自后逐至家。此人缚猿子于庭中树上，以示之。其母便搏颊向人，欲乞哀状，直是口不能言耳。此人既不能放，竟击杀之。猿母悲唤，自掷而死。此人破肠视之，寸寸断裂。未半年，其家疫死，灭门。

虞荡射麈

冯乘虞荡夜猎，见一大麈①，射之。麈便云："虞荡，汝射杀我耶！"明晨，得一麈而入，即时荡死。

【注释】

①麈（zhǔ）：指鹿一类的动物。

华亭醉蛇

吴郡海盐县北乡亭里，有士人陈甲，本下邳人。晋元帝时，寓居华亭。猎于东野大薮，欻见大蛇，长六七丈，形如百斛船，玄黄五色，卧冈下。陈即射杀之，不敢说。三年，与乡人共猎，至故见蛇处，语同行曰："昔在此杀大蛇。"其夜梦见一人，乌衣黑帻，来至其家，问曰："我昔昏醉，汝无状杀我。我昔醉，不识汝面，故三年不相知。今日来就死。"其人即惊觉。明日，腹痛而卒。

邛都蛇

邛都县下有一老姥，家贫孤独。每食，辄有小蛇，头上戴角，在床间，姥怜而饲之食。后稍长大，遂长丈余。令有骏马，蛇遂吸杀之。令因大忿恨，责姥出蛇。姥云："在床下。"令即掘地，愈深愈大，而无所见。令又迁怒，杀姥。蛇乃感人以灵，言："瞋①令，何杀我母？当为母报仇！"此后每夜辄闻若雷若风，四十许日。百姓相见，咸惊语："汝头那忽戴鱼？"是夜，方四十里与城一时俱陷为湖，土人谓之为"陷湖"。唯姥宅无恙，讫今犹存。渔人采捕，必依止宿。每有风浪，辄居宅侧，恬静无他。风静水清，犹见城郭楼橹畟然②。今水浅时，彼土人没水，取得旧木，坚贞光黑如漆。今好事人以为枕相赠。

【注释】

①瞋：通"嗔"。责怪。

②畟（cè）然：清晰、整齐的样子。

妇人生瘤

建业有妇人背生一瘤，大如数斗囊，中有物如茧栗，甚众，行即有声。恒乞于市。自言村妇也，常与姊妯辈分养蚕，己独频年损耗，因窃其妯一囊茧焚之。顷之，背患此疮，渐成此瘤。以衣覆之，即气闭闷；常露之，乃可，而重如负囊。

搜神后记

〔晋〕陶潜 撰

卷一

丁令威

丁令威，本辽东人，学道于灵虚山。后化鹤归辽，集城门华表柱。时有少年，举弓欲射之。鹤乃飞，徘徊空中而言曰："有鸟有鸟丁令威，去家千年今始归。城郭如故人民非，何不学仙冢垒垒。"遂高上冲天。今辽东诸丁云其先世有升仙者，但不知名字耳。

仙馆

嵩高山北有大穴，莫测其深，百姓岁时游观。晋初，尝有一人误堕穴中。同辈冀其傥不死，投食于穴中。坠者得之，为寻穴而行。计可十余日，忽然见明。又有草屋，中有二人对坐围棋。局下有一杯白饮。坠者告以饥渴，棋者曰："可饮此。"遂饮之，气力十倍。棋者曰："汝欲停此否？"坠者不愿停。棋者曰："从此西行，有天井，其中多蛟龙。但投身入井，自当出。若饿，取井中物食。"坠者如言，半年许，乃出蜀中。归洛下，问张华，华曰："此仙馆大夫。所饮者玉浆也，所食者龙穴石髓也。"

赤城

会稽剡县民袁相、根硕二人猎，经深山重岭甚多，见一群山羊六七头，逐之。经一石桥，甚狭而峻。羊去，根等亦随渡，向绝崖。崖正赤，壁立，名曰赤城。上有水流下，广狭如匹布，剡人谓之瀑布。羊径有山穴如门，豁然而过。既入，内甚平敞，草木皆香。有一小屋，二女子住其中，年皆十五六，容色甚美，着青衣。一名莹珠，一名洁玉。见二人至，欣然云："早望汝来。"遂为室家。忽二女出行，云复有得婿者，往庆之。曳履于绝岩上行，琅琅然。二人思归，潜去归路。二女追还已知，乃谓曰："自可去。"乃以一腕囊与根等，语曰："慎勿开也。"于是乃归。后出行，家人开视其囊。囊如莲花，一重去，一重复，至五盖，中有小青鸟，飞去。根还知此，怅然而已。后根于田中耕，家依常饷之，见在田中不动，就视，但有壳如蝉蜕也。

韶舞

荥阳人姓何，忘其名，有名闻士也。荆州辟为别驾，不就，隐遁养志。常至田舍，人收获在场上。忽有一人，长丈余，萧疏单衣，角巾，来诣之，翩翩举其两手，并舞而来，语何云："君曾见《韶舞》不？此是《韶舞》。"且舞且去。何寻逐，径向一山，山有穴，才容一人。其人命入穴，何亦随之入。初甚急，前辄闲旷，便失人，见有良田数十顷。何遂垦作，以为世业。子孙至今赖之。

桃花源

晋太元中，武陵人捕鱼为业。缘溪行，忘路远近，忽逢桃花，夹岸数百步，中无杂树，芳华鲜美，落英缤纷。渔人甚异之。_{渔人姓黄，名道真。}复前行，欲穷其林。林尽水源，便得一山。山有小口，仿佛若有光。便舍舟，从口入。初极狭，才通人。复行数十步，豁然开朗，土地旷空，屋舍俨然。有良田、美池、桑、竹之属。阡陌交通，鸡犬相闻。男女衣着，悉如外人。黄发垂髫，并怡然自乐。见渔人，大惊，问所从来，具答之。便要还家，为设酒杀鸡作食。村中人闻有此人，咸来问讯。自云先世避秦难，率妻子邑人至此绝境，不复出焉。遂与外隔。问今是何世，乃不知有汉，无论魏、晋。此人一一具言所闻，皆为叹惋。余人各复延至其家，皆出酒食。停数日，辞去。此中人语云："不足为外人道也。"既出，得其船，便扶向路，处处志之。及郡，乃诣太守，说如此。太守刘歆即遣人随之往，寻向所志，不复得焉。

刘骥之见石囷

南阳刘骥之，字子骥，好游山水。尝采药至衡山，深入忘反。见有一涧水，水南有二石囷，一闭一开。水深广，不得渡。欲还，失道，遇伐弓人，问径，仅得还家。或说囷中皆仙方灵药及诸杂物。骥之欲更寻索，不复知处矣。

穴中世界

长沙醴陵县有小水，有二人乘船取樵，见岸下土穴中水逐流出，有新斫木片逐流下，深山中有人迹，异之。乃相谓曰："可试如水中看何由尔。"一人便以笠自障，入穴。穴才容人。行数十步，便开明朗然，不异世间。

目岩

平乐县有山临水，岩间有两目，如人眼，极大，瞳子白黑分明，名为"目岩"。

石室鸣响

始兴机山东有两岩，相向如鸱尾。石室数十所。经过，皆闻有金石丝竹之响。

贞女峡

中宿县有贞女峡。峡西岸水际有石，如人形，状似女子。是曰"贞女"。父老相传：秦世有女数人，取螺于此，遇风雨昼昏，而一女化为此石。

姑舒泉

临城县南四十里有盖山，百许步有姑舒泉。昔有舒女，与父析薪①于此泉。女因坐，牵挽不动，乃还告家。比还，唯见清泉湛然。女母曰："吾女好音乐。"乃作弦歌，泉涌洄流，有朱鲤一双。今人作乐嬉戏，泉故涌出。

【注释】

①析薪：劈柴。

卷二

吴猛

　　吴舍人名猛，字世云，有道术。同县邹惠政迎猛，夜于家中庭烧香。忽有虎来，抱政儿超篱去。猛语云："无所苦，须臾当还。"虎去数十步，忽然复送儿归。政遂精进，乞为好道士。猛性至孝，小儿时，在父母傍卧，时夏日多蚊虫，而终不摇扇。同宿人觉，问其故，答云："惧蚊虻去，嘬我父母尔。"及父母终，行服墓次，蜀贼纵暴，焚烧邑屋，发掘坟垅，民人迸窜，猛在墓侧，号恸不去。贼为之感怆，遂不犯。

谢允

　　谢允从武当山还，在桓宣武座，有言及左元放为曹公致鲈鱼者，允便云："此可得尔。"求大瓮盛水，朱书符投水中。俄有一鲤鱼鼓鬐①水中。

【注释】

①鬐（qí）：通"鳍"。

钱塘杜子恭

钱塘杜子恭，有秘术。尝就人借瓜刀，其主求之，子恭曰："当即相还耳。"既而刀主行至嘉兴，有鱼跃入船中。破鱼腹，得瓜刀。

鼠市

太兴中，衡阳区纯作鼠市：四方丈余，开四车，门有一木人。纵四五鼠于中，欲出门，木人辄以手推之。

比丘尼

晋大司马桓温，字元子。末年，忽有一比丘尼，失其名，来自远方，投温为檀越。尼才行不恒，温甚敬待，居之门内。尼每浴，必至移时。温疑而窥之。见尼裸身挥刀，破腹出脏，断截身首，支分脔切。温怪骇而还。及至尼出浴室，身形如常。温以实问，尼答曰："若逐凌君上，形当如之。"时温方谋问鼎，闻之怅然。故以戒惧，终守臣节。尼后辞去，不知所在。

儿不语

沛国有一士人，姓周。同生三子，年将弱冠，皆有声无言。忽有一客从门过，因乞饮，闻其儿声，问之曰："此是何声？"答曰："是仆之子，皆不能言。"客曰："君可还内省过，何以致此？"主人异其言，知非常人。良久出云："都不忆有罪过。"客曰："试更思幼时事。"入内，食顷，出语客曰："记小儿时，当床上有燕巢，中有三子，其母从外得食哺，三子皆出口受之。积日如此。试以指内巢中，燕雏亦出口承受。因取三蔷茨，各与食之。既而皆死。母还，不见子，悲鸣而去。昔有此事，今实悔之。"客闻言，遂变为道人之容，曰："君既自知悔，罪今除矣。"言讫，便闻其子言语周正。忽不见此道人。

佛图澄

天竺人佛图澄，永嘉四年来洛阳，善诵神咒，役使鬼神。腹傍有一孔，常以絮塞之。每夜读书，则拔絮，孔中出光，照于一室。平旦，至流水侧，从孔中引出五脏六腑洗之，讫，还内腹中。

胡道人知咒术

石虎邺中有一胡道人，知咒术。乘驴作估客，于外国深山中行。下有绝涧，窅①然无底。忽有恶鬼，偷牵此道人驴，下入绝涧。道人寻迹咒誓，呼诸鬼王。须臾，即驴物如故。

【注释】

①窅（yǎo）：深远。

昙游道人

昙游道人，清苦沙门也。剡县有一家事蛊，人啖其食饮，无不吐血死。游尝诣之。主人下食，游依常咒愿。双蜈蚣，长尺余，便于盘中跳走。游便饱食而归，安然无他。

幸灵

高悝家有鬼怪，言语呵叱，投掷内外，不见人形。或器物自行再三发火。巫祝厌劾而不能绝。适值幸灵，乃要之。至门，见符索甚多，并取焚之。惟据轩小坐而去。其夕鬼怪即绝。

郭璞医马

赵固常乘一匹赤马以战征，甚所爱重。常系所往斋前，忽腹胀，少时死。郭璞从北过，因往诣之。门吏云："将军好马，甚爱惜。今死，甚懊惋。"璞便语门吏云："可入通，道吾能活此马，则必见我。"门吏闻之惊喜，即启固。固踊跃，令门吏走往迎之。始交寒温，便问："卿能活我马乎？"璞曰："我可活尔。"固欣喜，即问："须何方术？"璞云："得卿同心健儿二三十人，皆令持竹竿，于此东行三十里，当有邱陵林树，状若社庙。有此者，便当以竹竿搅扰打拍之。当得一物，便急持归。既得此物，马便活矣。"于是左右骁勇之士五十人使去。果如璞言，得大丛林，有一物似猴而非，走出。人共逐得，便抱持归。此物遥见死马，便跳梁欲往。璞令放之。此物便自走往马头间，嘘吸其鼻。良久，马起，喷奋奔迅，便不见此物。固厚赍给，璞得过江左。

镜罂

王文献曾令郭璞筮己一年吉凶，璞曰："当有小不吉利。可取广州二大罂，盛水，置床帐二角，名曰'镜好'，以厌之。至某时，撤罂去水。如此其灾可消。"至日忘之。寻失铜镜，不知所在。后撤去水，乃见所失镜在于罂中。罂口数寸，镜大尺余。王公复令璞筮镜罂之意。璞云："撤罂违期，故至此妖。邪魅所为，无他故也。"使烧车辖而镜立出。

郭璞知凶终

中兴初，郭璞每自为卦，知其凶终。尝行经建康栅塘，逢一趋步少年，甚寒，便牵住，脱丝布袍与之。其人辞不受，璞曰："但取，后自当知。"其人受而去。及当死，果此人行刑。旁人皆为求属。璞曰："我托之久矣。"此人为之歔欷哽咽。行刑既毕，此人乃说。

庐江杜不愆

高平郗超，字嘉宾，年二十余，得重病。庐江杜不愆，少就外祖郭璞学《易》卜，颇有经验。超令试占之。卦成，不怿曰："案卦言之，卿所恙寻愈。然宜于东北三十里上官姓家，索其所养雄雉，笼而绊之，置东檐下。却后九日景午日午时，必当有野雌雉飞来，与交合。既毕，双飞去。若如此，不出二十日，病都除。又是休应，年将八十，位极人臣。若但雌逝雄留者，病一周方差。年半八十，名位亦失。"超时正羸笃，虑命在旦夕，笑而答曰："若保八十之半，便有余矣。一周病差，何足为淹。"然未之信。或劝依其言索雄，果得。至景午日，超卧南轩之下观之。至日晏，果有雌雉飞入笼，与雄雉交而去。雄雉不动。超叹息曰："管、郭之奇，何以尚此！"超病逾年乃起。至四十，卒于中书郎。

卷三

程咸

程咸一作程式。字咸休。其母始怀咸，梦老公投药与之："服此，当生贵子。"晋武帝时，历位至侍中，有名于世。

流星堕瓮

袁真在豫州，遣女妓纪陵送阿薛、阿郭、阿马三妓与桓宣武。既至经时，三人半夜共出庭前月下观望，有铜瓮水在其侧。忽见一流星，夜从天直堕瓮中。惊喜共视，忽如二寸火珠，沉于水底，炯然明净，乃相谓曰："此吉祥也，当谁应之？"于是薛、郭二人更以瓢杓①接取，并不得。阿马最后取，星正入瓢中，便饮之，既而若有感焉。俄而怀桓玄。玄虽篡位不终，而数年之中，荣贵极矣。

【注释】

①瓢杓（sháo）：指把老葫芦剖成两半做成的勺子。

掘头船

临淮公荀序，字休元。母华夫人，怜爱过常。年十岁，从南临归，经青草湖，时正帆风驶，序出塞郭，忽落水。比得下帆，已行数十里。洪波森漫，母抚膺远望。少顷，见一掘头船，渔父以楫棹船如飞，载序还之，云："送府君还。"荀后位至常伯、长沙相，故云府君也。

文晁田作

庐陵巴邱人文晁一作周晁。者，世以田作为业。年常田数十顷，家渐富。晋太元初，秋收已过，刈获都毕，明旦至田，禾悉复满，湛然如初。即便更获，所获盈仓。于此遂为巨富。

上虞魏全

上虞魏全，家在县北。忽有一人，着孝子服，皂笠，手巾掩口，来诣全家，语曰："君有钱一千万，铜器亦如之。大柳树钱在其下，取钱当得尔。于君家大不吉。仆寻为君取此。"便去。自尔出三十年，遂不复来。全家亦不取钱。

蜂螯贼

元嘉元年，建安郡山贼百余人，破郡治，抄掠百姓资产子女，遂入佛图，搜掠财宝。先是诸供养具，别封置一室。贼破户，忽有蜜蜂数万头，从衣簏出，同时噬螫。群贼身首肿痛，眼皆盲合，先诸所掠，皆弃而走。

蔡裔

蔡裔有勇气，声若雷震。尝有二偷儿入室，裔拊床一呼，二盗俱陨。

马溺疗瘕

昔有一人，与奴同时得腹瘕病，治不能愈。奴既死，乃剖腹视之，得一白鳖，赤眼，甚鲜明。乃试以诸毒药浇灌之，并内药于鳖口，悉无损动。乃系鳖于床脚，忽有一客来看之，乘一白马。既而马溺溅鳖，鳖乃惶骇，欲疾走避溺，因系之不得去，乃缩藏头颈足焉。病者察之，谓其子曰："吾病或可以救矣。"乃试取白马溺以灌鳖上，须臾便消成数升水。病者乃顿服升余白马溺，病豁然愈。

蕨茎变赤蛇

太尉郗鉴，字道徽，镇丹徒。曾出猎，时二月中，蕨始生。有一甲士，折食一茎，即觉心中淡淡或作潭潭。欲吐。因归，乃成心腹疼痛。经半年许，忽大吐，吐出一赤蛇，长尺余，尚活动摇。乃挂着屋檐前，汁稍稍出，蛇渐焦小。经一宿视之，乃是一茎蕨，犹昔之所食。病遂除。

斛二瘕

桓宣武时，有一督将，因时行病后虚热，更能饮复茗，必一斛二斗乃饱。才减升合，便以为不足。非复一日。家贫。后有客造之，正遇其饮复茗，亦先闻世有此病，仍令更进五升，乃大吐，有一物出，如升大，有口，形质缩绉，状如牛肚。客乃令置之于盆中，以一斛二斗复茗浇之。此物噏之都尽，而止觉小胀。又加五升，便悉混然从口中涌出。既吐此物，其病遂差。或问之："此何病？"答云："此病名斛二^{或作茗}瘕。"

桓梅梦

桓哲字明期，居豫章时，梅元龙为太守，先已病矣，哲往省之。语梅云："吾昨夜忽梦见作卒，迎卿来作泰山府君。"梅闻之愕然，曰："吾亦梦见卿为卒，着丧衣，来迎我。"经数日，复同梦如前，云"二十八日当拜"。至二十七日晡时，桓忽中恶腹满，就梅索麝香丸，梅闻，便令作凶具。二十七日，桓便亡。二十八日而梅卒。

华歆当公

平原华歆，字子鱼，为诸生时，常宿人门外，主人妇夜产。有顷，两吏来诣其门，便相向辟易^①，欲退，却相谓曰："公在此。"因踟蹰良久。一吏曰："籍当定，奈何得住？"乃前向子鱼拜，相将入。出，并行共语曰："当与几岁？"一人云："当与三岁。"天明，子鱼去。后欲验其事，至三岁，故往视儿消息，果三岁已死。乃自喜曰："我固当公。"后果为太尉。

【注释】

①辟（bì）易：避开。

形魂分离

宋时有一人，忘其姓氏，与妇同寝。天晓，妇起出，后其夫寻亦出外。妇还，见其夫犹在被中眠。须臾，奴子自外来，云："郎求镜。"妇以奴诈，乃指床上以示奴。奴云："适从郎间来。"于是白驰其夫。夫大愕，便入。与妇共视被中人，高枕安寝，正是其形，了无一异。虑是其神魂，不敢惊动。乃共以手徐徐抚床，遂冉冉入席而灭。夫妇惋怖不已。少时，夫忽得疾，性理乖错，终身不愈。

董寿之被诛

董寿之被诛，其家尚未知。妻夜坐，忽见寿之居其侧，叹息不已。妻问："夜间何得而归？"寿之都不应答。有顷，出门绕鸡笼而行，笼中鸡惊叫。妻疑有异，持火出户视之，见血数升，而寿之失所在。遂以告姑，因与大小号哭，知有变。及晨，果得凶问。

魂车木马

宋时有诸生远学，其父母燃火夜作，儿忽至前，叹息曰："今我但魂尔，非复生人。"父母问之，儿曰："此月初病，以今日某时亡。"今在琅邪任子成家，明日当殡，来迎父母。"父母曰："去此千里，虽复颠倒，那得及汝？"儿曰："外有车乘，但乘之，自得至矣。"父母从之上车，忽若睡，比鸡鸣，已至所在。视其驾乘，但魂车木马。遂与主人相见，临儿悲哀。问其疾消息，如言。

卷四

徐玄方女

晋时，东平冯孝将为广州太守。儿名马子，年二十余，独卧厩中，夜梦见一女子，年十八九，言："我是前太守北海徐玄方女，不幸蚤亡①。亡来今已四年，为鬼所枉杀。案生录，当八十余，听我更生，要当有依马子乃得生活，又应为君妻。能从所委见救活不？"马子答曰："可尔。"乃与马子克期当出。至期日，床前地头发正与地平，令人扫去，则愈分明，始悟是所梦见者。遂屏除左右人，便渐渐额出，次头面出，又次肩项形体顿出。马子便令坐对榻上，陈说语言，奇妙非常。遂与马子寝息。每诫云："我尚虚尔。"即问何时得出，答曰："出当得本命生日，尚未至。"遂往厩中，言语声音，人皆闻之。女计生日至，乃具教马子出己养之方法，语毕辞去。马子从其言，至日，以丹雄鸡一只，黍饭一盘，清酒一升，酹②其丧前，去厩十余步。祭讫，掘棺出，开视，女身体貌全如故。徐徐抱出，着毡帐中，唯心下微暖，口有气息。令婢四人守养护之，常以青羊乳汁沥其两眼，渐渐能开，口能咽粥，既而能语。二百日中，持杖起行。一期之后，颜色肌肤气力悉复如常。乃遣报徐氏，上下尽来。选吉日下礼，聘为夫妇。生二儿一女：长男字元庆，永嘉初为秘书郎中；小男字敬度，作太傅掾；女适济南刘子彦，征士延世之孙云。

【注释】

①蚤亡：早亡。

②醊（zhuì）：祭奠。

干宝父嬖妾

干宝字令升，其先新蔡人。父莹，有嬖妾①。母至妒，宝父葬时，因生推婢着藏中。宝兄弟年小，不之审也。经十年而母丧，开墓，见其妾伏棺上，衣服如生。就视犹暖，渐渐有气息。舆还家，终日而苏。云宝父常致饮食，与之寝接，恩情如生。家中吉凶，辄语之，校之悉验。平复数年后方卒。宝兄尝病气绝，积日不冷。后遂寤，云见天地间鬼神事，如梦觉，不自知死。

【注释】

①嬖（bì）妾：宠妾。

陈良

晋太元中，北地人陈良与沛国刘舒友善，又与同郡李焉共为商贾。后大得利，焉杀良取物。死十许日，良忽苏活，得归家，说死时，见友人刘舒，舒久已亡，谓良曰："去年春社日祠祀，家中斗争，吾实忿之，作一兜于庭前。卿归，岂能为我说此耶？"良故往报舒家，其怪亦绝。乃诣官疏李焉而伏罪。

李除

襄阳李除，中时气死，其妇守尸。至于三更，崛然起坐，搏妇臂上金钏甚邃。妇因助脱，既手执之，还死。妇伺察之，至晓，心中更暖，渐渐得苏。既活，云："为吏将去，比伴甚多，见有行货得免者，乃许吏金钏。吏令还，故归取以与吏。吏得钏，便放令还。见吏取钏去。"后数日，不知犹在妇衣内。妇不敢复着，依事咒埋。

郑茂

郑茂病亡，殡殓讫，未得葬，忽然妇及家人梦茂云："己未应死，偶闷绝尔，可开棺出我，烧车釭以熨头顶。"如言乃活。

李仲文女

晋时，武都太守李仲文在郡丧女，年十八，权假葬郡城北。有张世之代为郡。世之男字子长，年二十，侍从在廨中，夜梦一女，年可十七八，颜色不常，自言："前府君女，不幸早亡。会今当更生。心相爱乐，故来相就。"如此五六夕。忽然昼见，衣服薰香殊绝。遂为夫妻，寝息，衣皆有污，如处女焉。后仲文遣婢视女墓，因过世之妇相问。入廨中，见此女一只履在子长床下。取之啼泣，呼而发冢。持履归，以示仲文。仲文惊愕，遣问世之："君儿何由得亡女履耶？"世之呼问，儿具道本末。李、张并谓可怪。发棺视之，女体已生肉，姿颜如故，右脚有履，左脚无也。子长梦女曰："我比得生，今为所发。自尔之后遂死，肉烂不得生矣。万恨之心，当复何言！"涕泣而别。

奴得化虎术

魏时，寻阳县北山中蛮人有术，能使人化作虎。毛色爪牙，悉如真虎。乡人 "乡" 字上多 "余" 字。周眕有一奴，使入山伐薪。奴有妇及妹，亦与俱行。既至山，奴语二人云："汝且上高树，视我所为。"如其言。既而入草，须臾，见一大黄斑虎从草中出，奋迅吼唤，甚可畏怖。二人大骇。良久还草中，少时复还为人，语二人云："归家慎勿道。"后遂向等辈说之。周寻得知，乃以醇酒饮之，令熟醉。使人解其衣服及身体，事事详悉，了无他异。唯于髻发中得一纸，画作大虎，虎边有符，周密取录之。奴既醒，唤问之。见事已露，遂具说本末云："先尝于蛮中告籴①，有蛮师云有此术，乃以三尺布，数升米糈②，一赤雄鸡，一升酒，授得此法。"

①籴（dí）：买进（粮食）。

②糈（xǔ）：粮食。

母化鼋

魏清河宋士宗母，以黄初中夏天于浴室里浴，遣家中子女阖户。家人于壁穿中，窥见浴盆水中有一大鼋。遂开户，大小悉入，了不与人相承当。先着银钗犹在头上。相与守之涕泣，无可奈何。出外去，甚驶，逐之不可及，便入水。后数日，忽还。巡行舍宅，如平生，了无所言而去。时人谓士宗应行丧，士宗以母形虽变而生理尚存，竟不治丧。与江夏黄母相似。

卷五

白水素女

晋安帝时，侯官人谢端，少丧父母，无有亲属，为邻人所养。至年十七八，恭谨自守，不履非法。始出居，未有妻，邻人共愍念之，规为娶妇，未得。端夜卧早起，躬耕力作，不舍昼夜。后于邑下得一大螺，如三升壶。以为异物，取以归，贮瓮中。畜之十数日。端每早至野还，见其户中有饭饮汤火，如有人为者。端谓邻人为之惠也。数日如此，便往谢邻人。邻人曰："吾初不为是，何见谢也？"端又以邻人不喻其意，然数尔如此，后更实问，邻人笑曰："卿已自取妇，密着室中炊爨，而言吾为之炊耶？"端默然心疑，不知其故。后以鸡鸣出去，平早潜归，于篱外窃窥其家中，见一少女，从瓮中出，至灶下燃火。端便入门，径至瓮所视螺，但见壳。乃到灶下问之曰："新妇从何所来，而相为炊？"女大惶惑，欲还瓮中，不能得去，答曰："我天汉中白水素女也。天帝哀卿少孤，恭慎自守，故使我权为守舍炊烹。十年之中，使卿居富得妇，自当还去。而卿无故窃相窥掩，吾形已见，不宜复留，当相委去。虽然，尔后自当少差。勤于田作，渔采治生。留此壳去，以贮米谷，常可不乏。"端请留，终不肯。时天忽风雨，翕然而去。端为立神座，时节祭祀。居常饶足，不致大富耳。于是乡人以女妻之。后仕至令长云。今道中素女祠是也。

清溪庙神

晋太康中，谢家沙门竺昙遂，年二十余，白皙端正，流俗沙门，长行经清溪庙前过，因入庙中看。暮归，梦一妇人来，语云："君当来作我庙中神，不复久。"昙遂梦问："妇人是谁？"妇人云："我是清溪庙中姑。"如此一月许，便病。临死，谓同学年少曰："我无福，亦无大罪，死乃当作清溪庙神。诸君行便，可过看之。"既死后，诸年少道人诣其庙。既至，便灵语相劳问，声音如昔时。临去云："久不闻呗声，思一闻之。"其伴慧觊便为作呗讫，其神犹唱赞。语云："歧路之诀，尚有凄怆。况此之乖，形神分散。窈冥之叹，情何可言。"既而歔欷不自胜，诸道人等皆为流涕。

王导子悦

王导子悦为中书郎，导梦人以百万钱买悦，导潜为祈祷者备矣。寻掘地，得钱百万，意甚恶之，一一皆藏闭。及悦疾笃，导忧念特至，积日不食。忽见一人，形状甚伟，被甲持刀。问是何人，曰："仆，蒋侯也。公儿不佳，欲为请命，故来尔。公勿复忧。"导因与之食，遂至数升。食毕，勃然谓导曰："中书命尽，非可救也。"言讫不见。悦亦殒绝。

吴望子

会稽鄮音懋。县东野有女子姓吴，字望子。路忽见一贵人，俨然端坐，即蒋侯象也。因掷两橘与之。数数形见，遂隆情好。望子心有所欲，辄空中得之。常思脍，一双鲤自空而至。

木橡弯弓

孙恩作逆时，吴兴分乱，一男子忽急突入蒋侯庙。始入门，木像弯弓射之，即卒。行人及守庙者，无不皆见。

白头公

晋太元中，乐安高衡为魏郡太守，戍石头。其孙雅之，在厕中，云有神来降，自称白头公，拄杖光辉照屋。白头公，白玉也。与雅之轻举宵行，暮至京口来还。后雅之父子为桓玄所杀。

临贺太守

永和中，义兴人姓周，出都，乘马，从两人行。未至村，日暮。道边有一新草小屋，一女子出门，年可十六七，姿容端正，衣服鲜洁。望见周过，谓曰："日已向暮，前村尚远。临贺讵得至？"周便求寄宿。此女为燃火作食。向一更中，闻外有小儿唤阿香声，女应诺。寻云："官唤汝推雷车。"女乃辞行，云："今有事当去。"夜遂大雷雨。向晓，女还。周既上马，看昨所宿处，止见一新冢，冢口有马屎及余草。周甚惊惋。后五年，果作临贺太守。

何参军女

豫章人刘广^{刘或作王}。年少未婚。至田舍，见一女子，云："我是何参军女，年十四而夭，为西王母所养，使与下土人交。"广与之缠绵。其日，于席下得手巾，裹鸡舌香。其母取巾烧之，乃是火浣布。

帝灵见

桓大司马从南州还，拜简文皇帝陵，左右觉其有异。既登车，谓从者曰："先帝向遂灵见。"既不述帝所言，故众莫之知。但见将拜时，频言"臣不敢"而已。又问左右殷涓形貌。有人答："涓为人肥短，黑色甚丑。"桓云："向亦见在帝侧，形亦如此。"意恶之。遂遇疾，未几而薨。

卷六

箜篌女阿登

汉时，会稽句章人至东野还，暮，不及至家。见路旁小屋燃火，因投宿止。有一少女，不欲与丈夫共宿，呼邻人家女自伴，夜共弹箜篌。问其姓名，女不答。弹弦而歌曰："连绵葛上藤，一绥或作缓。复一绪。欲知我姓名，姓陈名阿登。"明至东郭外，有卖食母在肆中，此人寄坐，因说昨所见。母闻阿登，惊曰："此是我女，近亡，葬于郭外。"

张姑子

汉时诸暨县吏吴详者，惮役委顿，将投窜深山。行至一溪，日欲暮，见年少女子来，衣甚端正。女曰："我一身独居，又无邻里，唯有一孤妪，相去十余步尔。"详闻甚悦，便即随去。行一里余，即至女家，家甚贫陋。为详设食。至一更竟，忽闻一妪唤云："张姑子。"女应曰："喏。"详问是谁，答云："向所道孤独妪也。"二人共寝息。至晓鸡鸣，详去，二情相恋，女以紫手巾赠详，详以布手巾报之。行至昨所应处，过溪。其夜大水暴溢，深不可涉。乃回向女家，都不见昨处，但有一冢尔。

筝笛浦曹公船

庐江筝笛浦，浦有大舶，覆在水中，云是曹公舳船。尝有渔人，夜宿其旁，以船系之，但闻筝笛弦节之声及香气氤氲，渔人又梦人驱遣云："勿近官船。"此人惊觉，即移船去。相传云曹公载数妓船覆于此，今犹存焉。

卢充与崔女

卢充猎，见獐便射，中之。随逐，不觉远。忽见一里门，如府舍。问铃下，铃下对曰："崔少府府也。"进见少府，少府语充曰："尊府君为索小女婿，故相迎耳。"三日婚毕，以车送充至家。母问之，具以状对。既与崔别后四年之三月三日，充临水戏。遥见水边有犊车，乃往开车户。见崔女与三岁儿共载，情意如初。抱儿还充，又与金镟而别。

鲁肃墓

王伯阳家在京口，宅东有大冢，相传云是鲁肃墓。伯阳妇，郗鉴兄女也，丧亡，王平其冢以葬。后数年，伯阳白日在厅事，忽见一贵人，乘平肩舆，与侍从数百人，马皆络铁，径来坐，谓伯阳曰："我是鲁子敬，安冢在此二百许年。君何故毁坏吾冢？"因顾左右："何不举手！"左右牵伯阳下床，乃以刀环击之数百而去。登时绝死。良久复苏，被击处皆发疽溃，寻便死。一说王伯阳亡，其子营墓，得一漆棺，移至南冈，夜梦肃怒云："当杀汝父。"寻复梦见伯阳云："鲁肃与吾争墓，若日夜不得安。"后于灵座褥上见血数升，疑鲁肃之故也。墓今在长广桥东一里。

承俭

承俭者，东莞人。病亡，葬本县界。后十年，忽夜与其县令梦云："没故民承俭，人今见劫，明府急见救。"令便敕内外装束，作百人仗，便令驰马往冢上。日已向出，天忽大雾，对面不相见，但闻冢中讻讻①破棺声。有二人坟上望，雾暝不见人往。令既至，百人同声大叫，收得冢中三人。坟上二人遂得逃走。棺未坏，令即使人修复之。其夜，令又梦俭云："二人虽得走，民悉志之：一人面上有青志，如藿叶；一人断其前两齿折。明府但案此寻觅。自得也。"令从其言追捕，并擒获。

【注释】

①讻（xiōng）讻：纷扰的样子。

殷仲堪葬上虞人

荆州刺史殷仲堪，布衣时，在丹徒，忽梦见一人，自说己是上虞人，死亡，浮丧飘流江中，明日当至。"君有济物之仁，岂能见移？着高燥处，则恩及枯骨矣。"殷明日与诸人共江上看，果见一棺，逐水流下，飘飘至殷坐处。令人牵取，题如所梦。即移着冈上，酹以酒饭。是夕，又梦此人来谢恩。

韩冢

晋升平中，徐州刺史索逊乘船往晋陵。会暗发，回河行数里。有人求索寄载，云："我家在韩冢，脚痛不能行，寄君船去。"四更守至韩冢，此人便去。逊遣人牵船，过一渡，施力殊不便，骂此人曰："我数里载汝来，径去，不与人牵船。"欲与痛手。此人便还与牵，不觉用力而得渡。人便径入诸冢间。逊疑非人，使窃寻看。此人经冢间，便不复见。须臾复出，至一冢呼曰："载公。"有出应者。此人云："我向载人船来，不与共牵，奴便欲打我。今当往报之。欲暂借甘罗来。"载公曰："坏我甘罗，不可得。"此人云："无所若，我试之耳。"逊闻此，即还船。须臾，岸上有物来，赤如百斛篅，长二丈许，径来向船，逊便大呼："奴载我船，不与我牵，不得痛手！方便载公甘罗，今欲击我。我今日即打坏奴甘罗。"言讫，忽然便失，于是遂进。

四人捉马

晋元熙中，上党冯述为相府吏，将假归虎牢。忽逢四人，各持绳及杖，来赴述。述策马避，马不肯进。四人各捉马一足，倏然便到河上。问述："欲渡否？"述曰："水深不测，既无舟楫，如何得渡？君正欲见杀尔。"四人云："不相杀，当持君赴官。"遂复捉马脚涉河而北。述但闻波浪声，而不觉水。垂至岸，四人相谓曰："此人不净，那得将去。"时述有弟丧服，深恐鬼离之，便当溺水死，乃鞭马作势，径得登岸。述辞谢曰："既蒙恩德，何敢复烦劳。"

王戎

安丰侯王戎，字濬冲，琅邪临沂人也。尝赴人家殡殓，主人治棺未竟，送者悉入厅事上，安丰在车中卧。忽见空中有一异物，如鸟，熟视转大，渐近，见一乘赤马车，一人在中，着帻，赤衣，手持一斧。至地下车，径人王车中，回几容之。谓王曰："君神明清照，物无隐情。亦有事，故来相从。然当为君一言：凡人家殡殓葬送，苟非至亲，不可急往。良不获已，可乘青牛，令髯奴御之，及乘白马，则可禳之。"因谓戎："君当致位三公。"语良久。主人内棺当殡，众客悉人，此鬼亦人。既入户，鬼便持斧行棺墙上。有一亲趋棺，欲与亡人诀。鬼便以斧正打其额，即倒地。左右扶出。鬼于棺上，视戎而笑。众悉见鬼持斧而出。

腹中鬼

李子豫，少善医方，当代称其通灵。许永为豫州刺史，镇历阳。其弟得病，心腹疼痛十余年，殆死。忽一夜，闻屏风后有鬼谓腹中鬼曰："何不速杀之？不然，李子豫当从此过。以朱丸打汝，汝其死矣。"腹中鬼对曰："吾不畏之。"
及旦，许永遂使人候子豫，果来。未入门，病者自闻中有呻
吟声。及子豫入视，曰："鬼病也。"遂于巾箱中出八毒赤丸
子与服之。须臾，腹中雷鸣鼓转，大利数行，遂差。今八毒
丸方是也。

盛道儿托孤女

宋元嘉十四年，广陵盛道儿亡，托孤女于妇弟申翼之。
服阕[①]，翼之以其女嫁北乡严齐息，寒门也，丰其礼赂，始
成婚。道儿忽空中怒曰："吾喘唾乏气，举门户以相托。如
何昧利忘义，结婚微族。"翼之乃大惶愧。

【注释】

①服阕（què）：指守丧期满，除掉丧服。

神祠

晋淮南胡茂回，能见鬼。虽不喜见，而不可止。后行
至扬州，还历阳。城东有神祠，正值民将巫祝祀之。至须臾
顷，有群鬼相叱曰："上官来！"各迸走出祠去。回顾，见
二沙门来入祠中。诸鬼两两三三相抱持，在祠边草中伺望。
望见沙门，皆有怖惧。须臾，二沙门去后，诸鬼皆还祠中。
回于是信佛，遂精诚奉事。

伧小儿缚鬼

有一伧①小儿，放牛野中，伴辈数人。见一鬼依诸丛草间，处处设网，欲以捕人。设网后未竟，伧小儿窃取前网，仍以罨捕，即缚得鬼。

【注释】

①伧（cāng）：粗野。

懊恼歌

庐江杜谦为诸暨令。县西山下有一鬼，长三丈，着赭布裤褶，在草中拍张。又脱褶掷草上，作《懊恼歌》。百姓皆看之。

会稽朱弼

会稽朱弼为王国郎中令，营立第舍，未成而卒。同郡谢子木代其事，以弼死亡，乃簿书多张功费，长百余万，以其赃诬弼。而实自入。子木夜寝，忽闻有人道弼姓字者。俄顷而到子木堂前，谓之曰："卿以枯骨腐肉专可得诬，当以某日夜更典对证。"言终，忽然不见。

误中鬼脚

夏侯综为庾安西参军，常见鬼乘车骑马满道，与人无异。尝与人载行，忽牵人语，指道上一小儿云："此儿正须大病。"须臾，此儿果病，殆死。其母闻之，诘综。综云："无他，此儿向于道中掷涂，误中一鬼脚。鬼怒，故病汝儿尔。得以酒饭遗鬼，即差。"母如言而愈。

范坚之妻

顺阳范启，母丧当葬。前母墓在顺阳，往视之。既至而坟拢杂沓，难可识别，不知何许。袁彦仁时为豫州，往看之，因云："闻有一人见鬼。"范即如言，令物色觅之。比至，云："墓中一人衣服颜状如此。"即开墓，棺物皆烂，家中灰壤深尺余，意甚疑之。试令人以足拨灰中土，冀得旧物，果得一砖，铭云"范坚之妻"。然后信之。

竺法师

沙门竺法师，会稽人也，与北中郎王坦之周旋甚厚。每共论死生罪福报应之事茫昧难明，因便共要，若有先死者，当相报语。后经年，王于庙中忽见法师来，曰："贫道以某月日命故，罪福皆不虚，应若影响。檀越惟当勤修道德，以升跻神明耳。先与君要，先死者相报，故来相语。"言讫，忽然不见。坦之寻亦卒。

毒鬼

乐安刘池苟家在夏口，忽有一鬼来住刘家。初因暗，仿佛见形如人，着白布裤。自尔后，数日一来，不复隐形，便不去。喜偷食，不以为患，然且难之。初不敢呵骂。吉翼子者，强梁不信鬼，至刘家，谓主人曰："卿家鬼何在？唤来，今为卿骂之！"即闻屋梁作声。时大有客，共仰视，便纷纭掷一物下，正着翼子面，视之，乃主人家妇女亵衣，恶犹著焉。众共大笑为乐。吉大惭，洗面而去。有人语刘："此鬼偷食，乃食尽，必有形之物，可以毒药中之。"刘即于他家煮野葛，取二升汁，密赍还家。向夜，举家作粥糜，食余一瓯，因泻葛汁着中，置于几上，以盆覆之。人定后，闻鬼从外来，发盆啖糜。既讫，便掷破瓯走去。须臾间，在屋头吐，嗔怒非常，便棒打窗户。刘先已防备，与斗。亦不敢入。至四更中，然后遂绝。

卷七

虹化人

庐陵巴邱人陈济者，作州吏。其妇秦，独在家。常有一丈夫，长丈余，仪容端正，着绛碧袍，采色炫耀，来从之。后常相期于一山涧间。至于寝处，不觉有人道相感接。如是数年。比邻人观其所至辄有虹见。秦至水侧，丈夫以金瓶引水共饮。后遂有身，生而如人，多肉。济假还，秦惧见之，乃纳儿着瓮中。此丈夫以金瓶与之，令覆儿，云："儿小，未可得将去。不须作衣，我自衣之。"即与绛囊以裹之，令可时出与乳。于时风雨暝晦，邻人见虹下其庭，化为丈夫，复少时，将儿去，亦风雨暝晦。人见二虹出其家。数年而来省母。后秦适田，见二虹于涧，畏之。须臾见丈夫，云："是我，无所畏也。"从此乃绝。

山㺅

宋元嘉初，富阳人姓王，于穷渎中作蟹断[①]。旦往观之，见一材长二尺许，在断中。而断裂开，蟹出都尽。乃修治断，出材岸上。明往视之，材复在断中，断败如前。王又治断出材。明晨视，所见如初。王疑此材妖异，乃取内②蟹笼中，拿头担归，云："至家，当斧斫燃之。"未至家二三里，闻笼中倅倅动。转头顾视，见向材头变成一物，人面猴身，一身一足。语王曰："我性嗜蟹，比日实入水破君蟹断，入断食蟹。相负已尔，望君见恕。开笼出我。我是山神，当相佑助，并令断得大蟹。"王曰："如此暴人，前后非一，罪自应死。"此物恳告，苦请乞放。王回顾不应。物曰："君何姓名？我欲知之。"频问不已，王遂不答。去家转近，物曰："既不放我，又不告我姓名，当复何计？但应就死耳。"王至家，炽火焚之，后寂然无复声。土俗③谓之山獠，云知人姓名，则能中伤人。所以勤勤问王，欲害人自免。

【注释】

①穷渎（dú）：小水沟。蟹断：捕蟹的工具，状似竹帘，拦在水渠中阻挡螃蟹的去路。

②内：通"纳"。

③土俗：指当地人。

平阳陨肉

刘聪伪建元元年正月，平阳地震，其崇明观陷为池，水赤如血，赤气至天，有赤龙奋迅而去。流星起于牵牛，入紫微，龙形委蛇，其光照地，落于平阳北十里。视之则肉，臭闻于平阳，长三十步，广二十七步。肉旁尝有哭声，昼夜不止。数日，聪后刘氏，产一蛇一兽，各害人而走。寻之不得。顷之，见于陨肉之旁。俄而刘氏死，哭声自绝。

周子文失魂厌伏

晋中兴后，谯郡周子文，家在晋陵。少时喜射猎，常入山，忽山岫间有一人，长五六丈，手提弓箭，箭镝头广二尺许，白如霜雪，忽出声唤曰："阿鼠。"子文小字。子文不觉应曰："喏。"此人便牵弓满镝向子文，子文便失魂厌伏。

秦精遇毛人

晋孝武世，宣城人秦精，常入武昌山中采茗，忽遇一人，身长丈余，遍体皆毛，从山北来。精见之，大怖，自谓必死。毛人径牵其臂，将至山曲，入大丛茗处，放之便去。精因采茗。须臾复来。乃探怀中二十枚橘与精，甘美异常。精甚怪，负茗而归。

柳上人

会稽盛逸，常晨兴，路未有行人，见门外柳树上有一人，长二尺，衣朱衣冠冕，俯以舌舐树叶上露。良久，忽见逸，神意惊遽，即隐不见。

三尺两头人

宋永初三年，谢南康家婢行，逢一黑狗，语婢云："汝看我背后。"婢举头，见一人长三尺，有两头。婢惊怖返走，人狗亦随婢后，至家庭中，举家避走。婢问狗："汝来何为？"狗云："欲乞食尔。"于是婢为设食。并食食讫，两头人出。婢因谓狗曰："人已去矣。"狗曰："正巳复来。"良久乃没，不知所在。后家人死丧殆尽。

凶宅

宋襄城李颐，其父为人不信妖邪。有一宅，由来凶不可居，居者辄死。父便买居之。多年安吉，子孙昌炽。为二千石，当徙家之官，临去，请会内外亲戚。酒食既行，父乃言曰："天下竟有吉凶否？此宅由来言凶，自吾居之，多年安吉，乃得迁官，鬼为何在？自今已后，便为吉宅。居者住止，心无所嫌也。"语讫如厕。须臾，见壁中有一物，如卷席大，高五尺许，正白。便还，取刀中之，中断，化为两人。复横斫之，又成四人。便夺取刀，反斫杀李。持至坐上，斫杀其子弟。凡姓李者必死，惟异姓无他。颐尚幼，在抱。家内知变，乳母抱出后门，藏他家。止其一身获免。颐字景真，位至湘东太守。

白狗变人

　　宋王仲文为河南郡主簿，居缑氏县北。得休，因晚行泽中，见车后有白狗，仲文甚爱之。欲取之，忽变形如人，状似方相，目赤如火，磋牙吐舌，甚可憎恶。仲文大怖，与奴共击之，不胜而走。告家人，合十余人，持刀捉火，自来视之，不知所在。月余，仲文忽复见之。与奴并走，未到家，伏地俱死。

卷八

二人着乌衣

王机为广州刺史，入厕，忽见二人着乌衣，与机相捍。良久擒之，得二物，如乌鸭。以问鲍靓，靓曰："此物不祥。"机焚之，径飞上天。寻诛死。

人变蝴蝶

晋义熙中，乌伤葛辉夫，在妇家宿。三更后，有两人把火至阶前。疑是凶人，往打之。欲下杖。悉变成蝴蝶，缤纷飞散。有冲辉夫腋下，便倒地，少时死。

诸葛长民

诸葛长民富贵后，常一月中辄十数夜眠中惊起跳踉，如与人相打。毛修之尝与同宿，见之惊愕，问其故，答曰："正见一物，甚黑而有毛，脚不分明，奇健，非我无以制之也。"后来转数。屋中柱及椽桷间，悉见有蛇头。令人以刃悬斫，应刃隐藏。去辄复出。又捣衣杵相与语，如人声，不可解。于壁见有巨手，长七八尺，臂大数围。令斫之，忽然不见。未几伏诛。

死人头

新野庾谨，母病，兄弟三人，悉在侍疾。白日常燃火，忽见帐带自卷自舒，如此数四。须臾间，床前闻狗声异常。举家共视，了不见狗，见一死人头在地，头犹有血，两眼尚动，甚可憎恶。其家怖惧。乃不持出门，即于后园中瘗之。明日往视，乃出土上，两眼犹尔，即又埋之。后日复出，乃以砖头合埋之，遂不复出。他日，其母便亡。

梁上堕人头

王绥字彦猷，其家夜中梁上无故有人头堕于床，而流血滂沱。俄拜荆州刺史，坐父愉之谋，与弟纳并被诛。

髑髅百头

晋永嘉五年，张一作高荣为高平戍逻主。时曹嶷贼寇离乱，人民皆坞垒自保固。见山中火起，飞埃绝焰十余丈，树颠火焱，响动山谷。又闻人马铠甲声，谓嶷贼上，人皆惶恐，并戒严出，将欲击之。乃引骑到山下，无有人，但见碎火来晒人，袍铠马毛鬣皆烧。于是军人走还。明日往视，山中无燃火处，惟见髑髅百头，布散在山中。

葱缩入地

新野赵贞家，园中种葱，未经袖拔。忽一日，尽缩入地。后经岁余，贞之兄弟相次分散。

梓树

吴聂友，字文悌，豫章新淦古暗切。人。少时贫贱，常好射猎。夜照见一白鹿，射中之。明寻踪，血既尽，不知所在，且已饥困，便卧一梓树下。仰见射箭着树枝上，视之，乃是昨所射箭。怪其如此。于是还家赍粮，率子弟，持斧以伐之。树微有血，遂裁截为板二枚，牵着陂塘中。板常沉没，然时复浮出。出，家辄有吉庆。每欲迎宾客，常乘此板。忽于中流欲没，客大惧，友呵之，还复浮出。仕宦大如愿，位至丹阳太守。在郡经年，板忽随至石头。外司白云："涛中板入石头来。"友惊曰："板来，必有意。"即解职归家。下船，便闭户，二板挟两边，一日即至豫章。尔后板出，便反为凶祸。家大辚轲①。今新淦北二十里余，曰封溪，有聂友截梓树板涛牂柯②处。有梓树，今犹存。乃聂友向日所栽，枝叶皆向下生。

【注释】

　①辚轲（kǎn kě）：困顿，坎坷。

　②牂（zāng）柯：船只停泊时，系缆绳的木桩。

卷九

白鹭化女子

钱塘人姓杜，船行。时大雪日暮，有女子素衣来岸上。杜曰："何不入船？"遂相调戏。杜阁船载之。后成白鹭，飞去。杜恶之，便病死。

虎问卜

丹阳人沈宗，在县治下，以卜为业。义熙中，左将军檀侯镇姑孰，好猎，以格虎为事。忽有一人，着皮裤，乘马，从一人，亦着皮裤；以纸裹十余钱，来诣宗卜，云："西去觅食好，东去觅食好？"宗为作卦，卦成，告之："东向吉，西向不利。"因就宗乞饮，内口着瓯中，状如牛饮。既出，东行百余步，从者及马皆化为虎。自此以后，虎暴非常。

熊穴

晋升平中，有人入山射鹿，忽堕一坎，窅然深绝。内有数头熊子。须臾，有一大熊来，瞪视此人。人谓必以害己。

良久，出藏果，分与诸子。末后作一分，置此人前。此人饥甚，于是冒死取啖之。既而转相狎习。熊母每旦出，觅果食还，辄分此人，赖以延命。熊子后大，其母一一负之而出。子既尽，人分死坎中，穷无出路。熊母寻复还入，坐人边。人解其意，便抱熊足，于是跃出。竟得无他。

二鹿化女

淮南陈氏，于田中种豆，忽见二女子，姿色甚美，着紫缬襦，青裙，天雨而衣不湿。其壁先挂一铜镜，镜中见二鹿，遂以刀斫获之，以为脯。

猕猴私宫妓

晋太元中，丁零王翟昭后宫养一猕猴，在妓女房前。前后妓女，同时怀妊，各产子三头，出便跳跃。昭方知是猴所为，乃杀猴及子。妓女同时号哭。昭问之，云："初见一年少，着黄练单衣，白纱帕，甚可爱，笑语如人。"

乌龙

会稽句章民张然，滞役在都，经年不得归。家有少妇，无子，惟与一奴守舍，妇遂与奴私通。然在都养一狗，甚快，名曰"乌龙"，常以自随。后假归，妇与奴谋，欲得杀然。然及妇作饭食，共坐下食。妇语然："与君当大别离，君可强啖。"然未得啖，奴已张弓拔矢当户，须然食毕。然涕泣不食，乃以盘中肉及饭掷狗，祝曰："养汝数年，吾当将死，汝能救我否？"狗得食不啖，惟注睛舐唇视奴。然亦觉之。奴催食转急，然决计，拍膝大呼曰："乌龙与手！"狗应声伤奴。奴失刀仆倒地，狗咋其阴，然因取刀杀奴。以妇付县，杀之。

义犬

晋太和中，广陵人杨生，养一狗，甚爱怜之，行止与俱。后生饮酒醉，行大泽草中，眠，不能动。时方冬月燎原，风势极盛。狗乃周章号唤，生醉不觉。前有一坑水，狗便走往水中还，以身洒生左右草上。如此数次，周旋跬步，草皆沾湿，火至免焚。生醒，方见之。尔后生因暗行，堕于空井中，狗呻吟彻晓。有人经过，怪此狗向井号，往视，见生。生曰："君可出我，当有厚报。"人曰："以此狗见与，便当相出。"生曰："此狗曾活我已死，不得相与。余即无惜。"人曰："若尔，便不相出。"狗因下头目井。生知其意，乃语路人云："以狗相与。"人即出之，系之而去。却后五日，狗夜走归。

蔡咏家狗

晋穆、哀之世，领军司马济阳蔡咏家狗，夜辄群众相吠，往视便伏。后日，使人夜伺，有一狗，着黄衣，白帢，长五六尺，众狗共吠之。寻迹，定是咏家老黄狗，即打杀之。吠乃止。

飞燕

代郡张平者，苻坚时为贼帅，自号并州刺史。养一狗，名曰"飞燕"，形若小驴。忽夜上厅事屋上行，行声如平常。未经年，果为鲜卑所逐，败走，降苻坚。未几便死。

老黄狗

太叔王氏，后娶庾氏女，年少色美。王年六十，常宿外，妇深无欣。后忽一夕，见王还，燕婉兼常。昼坐，因共食。奴从外来，见之大惊，以白王。王遽入，伪者亦出。二人交会中庭，俱着白帢，衣服形貌如一。真者便先举杖打伪者，伪者亦报打之。二人各敕子弟，令与手。王儿乃突前痛打，是一黄狗，遂打杀之。王时为会稽府佐，门士云："恒见一老黄狗，自东而来。"其妇大耻，病死。

林虑山亭犬为怪

林虑山下有一亭，人每过此宿者辄病死。云尝有十余人，男女杂沓，衣或白或黄，辄蒲博相戏。时有郅伯夷者，宿于此亭，明烛而坐诵经。至中夜，忽有十余人来，与伯夷并坐蒲博。伯夷密以镜照之，乃是群犬。因执烛起，阳误以烛烧其衣，作燃毛气。伯夷怀刀，捉一人刺之。初作人唤，遂死成犬。余悉走去。

羊炙

顾需者，吴之豪士也。曾送客于升平亭。时有一沙门在座，是流俗道人。主人欲杀一羊，羊绝绳便走，来投入此道人膝中，穿头向袈裟下。道人不能救，即将去杀之。既行炙，主人便先割以啖道人。道人食炙下喉，觉炙行走皮中，毒痛不可忍。呼医来针之，以数针贯其炙，炙犹动摇。乃破出视之，故是一脔肉耳。道人于此得疾，遂作羊鸣，吐沫。还寺，少时卒。

古冢老狐

吴郡顾旃，猎至一岗，忽闻人语声云："咄！咄！今年衰。"乃与众寻觅。岗顶有一阱，是古时冢，见一老狐蹲冢中，前有一卷簿书，老狐对书屈指，有所计校。乃放犬咋杀之。取视簿书，悉是奸人女名。已经奸者，乃以朱钩头。所疏名有百数，旃女正在簿次。

老雄狐

襄阳习凿齿，字彦威，为荆州主簿，从桓宣武出猎，时大雪，于江陵城西见草上雪气出。伺观，见一黄物，射之，应箭死。往取，乃一老雄狐，脚上带绛绫香囊。

伯裘

宋酒泉郡，每太守到官，无几辄死。后有渤海陈斐见授此郡，忧恐不乐，就卜者占其吉凶。卜者曰："远诸侯，放伯裘。能解此，则无忧。"斐不解此语，答曰："君去，自当解之。"斐既到官，侍医有张侯，直医有王侯，卒有史侯、董侯等，斐心悟曰："此谓诸侯。"乃远之。即卧，思"放伯裘"之义，不知何谓。至夜半后，有物来斐被上，斐觉，以被冒取之，物遂跳踉，訇訇①作声。外人闻，持火入，欲杀之。魅乃言曰："我实无恶意，但欲试府君耳。能一相赦。当深报君恩。"斐曰："汝为何物，而忽干犯太守？"魅曰："我本千岁狐也。今变为魅，垂化为神，而正触府君威怒，甚遭困厄。我字伯裘，若府君有急难，但呼我字，便当自解。"斐乃喜曰："真'放伯裘'之义也。"即便放之。小开被，忽然有光，赤如电，从户出。明夜有敲门者，斐问是谁，答曰："伯裘。"问："来何为？"答曰："白事。"问曰："何事？"答曰："北界有贼奴发也。"斐按发则验。每事先以语斐。于是境界无毫发之奸，而咸曰圣府君。后经月余，主簿李音共斐侍婢私通。既而惧为伯裘所白，遂与诸仆谋杀斐。伺傍无人，便与诸仆持仗直入，欲格杀之。斐惶怖，即呼："伯裘来救我！"即有物如曳一匹绛，剨然作声。诸仆伏地失魂，乃以次缚取。考询皆服，云："斐未到官，音已惧失权，与诸仆谋杀斐。会诸仆见斥，事不成。"裴即杀音等。伯裘乃谢裴曰："未及白音奸情，乃为府君所召。虽效微力，犹用惭惶。"后月余，与斐辞曰："今后当上天去，不得复与府君相往来也。"遂去不见。

【注释】

①訇（hōng）訇：形容声音大。

卷十

蛟子

长沙有人，忘其姓名，家住江边。有女子，渚次浣衣，觉身中有异，复不以为患，遂妊身。生三物，皆如鲙音提。鱼。女以己所生，甚怜异之。乃着澡盘水中养之。经三月，此物遂大，乃是蛟子。各有字：大者为"当洪"，次者为"破阻"，小者为"扑岸"。天暴雨水，三蛟一时俱去，遂失所在。后天欲雨，此物辄来。女亦知其当来，便出望之。蛟子亦举头望母，良久方去。经年后，女亡。三蛟子一时俱至墓所哭之，经日乃去。闻其哭声，状如狗嗥。

大蛟庇舍

安城平都县尹氏，居在郡东十里曰黄村，尹佃舍在焉。元嘉二十三年六月中，尹儿年十三，守舍，见一人年可二十许，骑白马，张伞，及从者四人，衣并黄色，从东方而来。至门，呼尹儿："来暂寄息。"因入舍中庭下，坐床，一人捉伞覆之。尹儿看其衣，悉无缝，马五色斑，似鳞甲而无毛。有顷，雨气至。此人上马去，回顾尹儿曰："明日当更来。"

尹儿观其去，西行，蹑虚而渐升，须臾，云气四合，白昼为之晦暝。明日，大水暴出，山谷沸涌，邱壑淼漫。将淹尹舍，忽见大蛟长三丈余，盘屈庇其舍焉。

虬塘

武昌虬山有龙穴，居人每见神虬飞翔出入。岁旱祷之，即雨。后人筑塘其下，曰虬塘。

斫蛇

吴兴人章苟者，五月中，于田中耕，以饭置菰里，每晚取食，饭亦已尽。如此非一。后伺之，见一大蛇偷食。苟遂以钺①斫之，蛇便走去。苟逐之，至一坂，有穴，便入穴，但闻啼声云："斫伤我矣！"或言："当何如？"或云："付雷公，令霹雳杀奴。"须臾，云雨冥合，霹雳覆苟上。苟乃跳梁大骂曰："天公！我贫穷，展力耕垦！蛇来偷食，罪当在蛇，反更霹雳我耶？乃无知雷公也！雷公若来，吾当以钺斫汝腹。"须臾，云雨渐散，转霹雳向蛇穴中，蛇死者数十。

【注释】

①钺（yì）：小矛。

乌衣人复仇

吴末，临海人入山射猎，为舍住。夜中，有一人，长一丈，着黄衣，白带，径来谓射人曰："我有仇，剋明日当战。君可见助，当厚相报。"射人曰："自可助君耳，何用谢为！"答曰："明日食时，君可出溪边。敌从北来，我南往应。白带者我，黄带者彼。"射人许之。明出，果闻岸北有声，状如风雨，草木四靡。视南亦尔。唯见二大蛇，长十余丈，于溪中相遇，便相盘绕。白蛇势弱。射人因引弩射之，黄蛇即死。日将暮，复见昨人来，辞谢云："住此一年猎，明年以去，慎勿复来，来必为祸。"射人曰："善。"遂停一年猎，所获甚多，家至巨富。数年后，忽忆先所获多，乃忘前言，复更往猎。见先白带人告曰："我语君勿复更来，不能见用。仇子已大，今必报君。非我所知。"射人闻之，甚怖，便欲走，乃见三乌衣人，皆长八尺，俱张口向之。射人即死。

蛇卵

元嘉中，广州有三人，共入山中伐木。忽见石窠中有二卵，大如升。取煮之，汤始热，便闻林中如风雨声，须臾，有一蛇，大十围，长四五丈，径来，于汤中衔卵去。三人无几皆死。

女嫁蛇

晋太元中，有士人嫁女于近村者，至时，夫家遣人来迎，女家好遣发，又令女乳母送之。既至，重门累阁，拟于王侯。廊柱下有灯火，一婢子严妆直守。后房帷帐甚美。至夜，女抱乳母涕泣，而口不得言。乳母密于帐中以手潜摸之，得一蛇，如数围柱，缠其女，从足至头，乳母惊走出外，柱下守灯婢子，悉是小蛇，灯火乃是蛇眼。

白龟子

晋咸康中，豫州刺史毛宝戍邾城。有一军人于武昌市见人卖一白龟子，长四五寸，洁白可爱，便买取持归，着瓮中养之。七日渐大，近欲尺许。其人怜之，持至江边，放江水中，视其去。后邾城遭石季龙攻陷，毛宝弃豫州，赴江者莫不沉溺。于时所养龟人，被铠持刀，亦同自投。既入水中，觉如堕一石上，水裁至腰。须臾，游出，中流视之，乃是先所放白龟，甲六七尺。既抵东岸，出头视此人，徐游而去。中江，犹回首视此人而没。